妖精の涙のわけ

ミシェル・コンダー 作
山科みずき 訳

ハーレクイン・ロマンス

東京・ロンドン・トロント・パリ・ニューヨーク・アテネ・アムステルダム
ハンブルク・ストックホルム・ミラノ・シドニー・マドリッド・ワルシャワ
ブダペスト・リオデジャネイロ・ルクセンブルク・フリブール・ムンバイ

SOCIALITE'S GAMBLE

by Michelle Conder

Special thanks and acknowledgment are given to Michelle Conder for her contribution to The Chatsfield series.

Published by Harlequin K.K., Tokyo, 2015

ミシェル・コンダー

メルボルン大学を卒業後はさまざまな仕事に就き、やがて海外を旅したり、そこで働いたりするようになったという。オーストラリアに帰国後、生涯の夢である作家になることを決めた。現在、3人の子供と夫とともにメルボルンに暮らす。

主要登場人物

カーラ・チャッツフィールド……モデル。
ルシーラ……カーラの姉。愛称シーラ。
クリストス・ヤトラコス……巨大ホテルチェーンの最高経営責任者《CEO》。
エイダン・ケリー……実業家。
ベン・ジェームズ……エイダンの仕事仲間。
ケイト……ベンの妻。
マーティン・エラリー……エイダンの亡父の友人。

1

〝彼女は変わったんです、もうチャッツフィールド家のはねっ返りでもパーティガールでもありません。世界じゅうの若い女性の憧れの的なんです〟

さすがにそれは言いすぎだとカーラはひそかに思ったけれど、彼女を心の底から信じてくれるハリエット・ハーランドを落胆させるわけにはいかない。去年うっかり出演を承諾した、あの忌まわしいロック・ビデオのことがあるからなおさらだ。そのビデオはR指定になったが、その前に、ごく自然な成り行きとしてインターネットで拡散された。

あのときは、もう二度とまともな仕事はできないと思った。父もそうほのめかした。

そこまで考えて、カーラはまだ勝利の栄光に浸ることができない切実な理由に引き戻された。

遅刻だわ。

それも大遅刻。

全部が全部、彼女の落ち度というわけではなかったのだ。

本来なら有頂天になってもいいはずだった。

昨日、〈デマルシェ・コスメティック〉との契約が決まったとエージェントが知らせてきたときは、まさにそんな気分だった。これでもっと本格的にモデルとしてのキャリアを積んでいける、と。

カーラはエージェントの見事な手腕がいまだに信じられなかった。次の日曜の夜にロンドンで開かれる大きなイベントで正式に発表されるまでは気を許せない。そのイベントは八日後だ。

カーラには人生を左右する大事なときにかぎってまずいことを引き起こす傾向がある。だが、そんな彼女をエージェントは懸命に売りこんでくれた。

た。突然の雷雨でロサンゼルス国際空港の滑走路に五時間も足止めされるなんて、いったい誰に予想できただろう。そして、ようやくたどり着いたラスヴェガスも土砂降り。

　おそらくロンドンからロサンゼルスへ寄り道するべきではなかったのだ。でも、ラスヴェガスへ行けと言われたとき、どうしてもエージェントを訪ねて喜びを分かち合いたくなって……。

　ようやく搭乗客の列がのろのろと出口に向かって動きはじめた。

　あと一時間。

　マッカラン国際空港からラスヴェガス大通りにある〈チャッツフィールド・インターナショナル〉に行き、身支度を調えるには、タクシーでの移動時間も含めて一時間はかかる。

　そこはかつてラスヴェガスで最高のカジノとの評判をとっていた。最近、父が新しい最高経営責任者《CEO》を任命したのは、ホテルを全面的に刷新し、家名にかつての栄光を取り戻すためだった。

　ハンサムではあるが傲慢なCEO、クリストス・ヤトラコスは、カーラとそのきょうだい全員がホテルの再生にかかわるべきだと考えた。

　ラスヴェガスのカジノで接待役《ホステス》をしてもらうと彼がメールで告知してきたとき、カーラは地獄へ落ちろと言ってやりたかった。クリストスの文面は〝きみには無理だろうが〟と言わんばかりだった。問題児のきみは兄や姉と違って出来が悪いから、と。カーラは憤然とし、クリストスに目にもの見せてやると誓った。

　たぶん髪を浮ついたページボーイボブに切ってピンクに染めたのがいけなかったのだろう。

〝そろそろ家のために価値のあることをするときではないかな、カーラ。なんのかのと言っても、きみの成長過程で多額の教育費を出し、望むものすべてを提供してくれたのはきみの家なんだから〟

クリストスにそう言われた瞬間、カーラは心の底から彼を憎み、望むものなんて何ひとつ与えられなかった、と言い返したかった。私には互いに愛し合う両親すらいなかったのだから。

でも、今夜こそクリストスに証明できる。それに来週、新たなモデル契約が公表されれば、私がただ存在しているだけではなく重要な戦力だと、父も認めざるをえなくなるわ！

カーラは力がみなぎってくるのを感じ、脇目も振らずに大股でマッカラン国際空港のビルに入った。明るい照明と作動中のポーカーマシーンの音に加え、芳香剤と光沢剤の匂いが出迎える。

〈ヴィトン〉の小さなスーツケースをごろごろと引きずりながら、自分に向けられる好奇のまなざしは無視した。その名とモデルという仕事、スキャンダルを起こしやすい傾向のせいで、彼女の顔は知れ渡っていた。

カーラはため息をついた。どうせ私の人生なんて金魚鉢と同じで、中は丸見えよ。昔からずっとそうだった。前はちっとも気にならなかったのに、どうして最近それを煩わしく思うようになったのだろう。

まあいいわ。

カーラの取り柄は気持ちの切り替えが速いことだった。とにかくホテルへ行かなくちゃ。それも大急ぎで。今夜は耐え忍ぶ日々の第一夜にすぎない。

いいえ。彼女は思い直した。耐え忍ぶのではなく、征服するのよ。

カーラは自分の細い手足と華奢《きゃしゃ》で踵《かかと》の高いグラディエーター・サンダルを見つめてうっすらと笑みを浮かべた。〝征服者〟って柄じゃないわね。

携帯電話が鳴りだし、カーラは団体旅行客をよけながらも歩調を緩めることなくバッグに手を入れた。手探りしながら、長身で身なりのいい男性が急ぎ足でやってくるのを視界の隅でとらえる。彼の長い脚が二人の距離をぐんぐん縮めている。カーラは横へ一歩よけたが、男性はまっすぐ彼女に突っこんできた。

ぶつかった衝撃に息をのみ、いやというほど片足をひねった。そのままつんのめるところだったが、男性が電光石火の早業で彼女の腕をつかみ、体を支えてくれた。きつくつかまれた握力の強さに体じゅうに電気が走る。

カーラは驚いて彼を見上げ、一瞬、息をするのも忘れた。いかついとしか言いようのない、けれど整った顔の中から、豊かな青い瞳が彼女を見つめて、いや、にらんでいる。

カーラはまばたきをして、茶色がかった短い金髪とまっすぐな鼻筋、そして一日分ほど伸びたらしい髭《ひげ》に覆われ、無愛想に結ばれた口もとに見入った。その美しく男らしい顔立ちは、スコットランドのハイランド地方にいる戦士を思わせる。盾と強力な剣のほかには何も持たない戦士を。

強力な剣ですって？

初対面の人に対する自分の反応にやや狼狽《ろうばい》し、カーラは顔をしかめた。「この次はもっと前方に注意していただきたいものね」

「僕がか？」

エイダン・ケリーは濃いまつげに縁取られた目を細め、目の前の女性をにらみつけた。オーストラリアから三十三時間もかけて移動してきて、疲労と空腹でいらいらしながら先を急いでいた。そこへこのピンクの髪をした痩せっぽちの女が飛び出してきて、非は彼にあると厚かましくも非難している。

「お嬢さん、僕は前方に注意していましたよ。バッグに頭を突っこんでいたのはそっちだろう」

「私は道を譲ったわ。まあ！」カーラは目を落とした。「あなたのせいでサンダルが壊れちゃったわ」

エイダンはうんざりした声を出した。「僕は何も壊していない」

カーラが片足を横へひねって長くほっそりした脚を撫《な》で下《お》ろすと、エイダンの目はいやでも彼女の動きを追った。血管の中で思いがけなく欲望がたぎるのを感じ、顔をしかめる。僕の注意を引くために、わざとぶつかってきたのか？

「もうっ」彼女は低い声でぶつぶつ言った。「やっぱり壊れてる」

エイダンはくるりと目をまわした。僕の知ったことか。「今後、前方に注意しなければならないのはきみのほうじゃないかな」

女性は信じられないとばかりにあんぐりと口を開けて彼を見つめ、彼もまた、そんな彼女をあっけに取られて見つめ返した。

「この次はここが陸上競技場ではないことを思い出すべきね」彼女はいやに取り澄まして言い、ほっそりしたふくらはぎを膝まで締めあげるサンダルに恐る恐る足を入れた。「お気に入りのサンダルで、何年も愛用してきたのに」

エイダンは蔑みの目でサンダルを見た。「それはそれは。だが、悪いが僕には行くところがある」

あなたにはほとほとうんざりと言いたげに頭を振り、彼女は足を引きずって手近な椅子に向かった。ぶしつけ、いい加減、男の典型――そういった言葉がエイダンの耳に聞こえ、彼はすっと背筋を伸ばした。「いま、なんと言った？」低く、沈着で、強烈な威嚇を込めた声で問いただす。賢明な人間なら彼の現在の心情に留意するはずだ。

エイダンは彼女に近づき、腰に手を当てた。彼女の下唇が震えている。

「今度は泣き落としか」意地悪く言う。

彼女にじっと見つめられると、前にどこかで見た顔だという思いが一瞬脳裏をよぎった。が、すぐにエイダンはその思いを切り捨てた。こんな女のことなど知らないし、知りたくもない。

「あなたって本当にいやな人ね」

エイダンは何を言っても無駄だとかぶりを振り、ポケットから財布を引っ張り出した。「五十ドルある」彼女に紙幣を差し出す。「これだけあれば足りるだろう」

彼女はその紙幣を、エイダンが靴の底から取り出したかのような目で見た。「全然足りないわ」

そう言って顎を上げ、彼女は顔にかかった髪を後ろへ払った。顎を突き出しても、彼女はほれぼれするほど美しかった。唇はストロベリーピンクで、頬骨が高く、目は重たげなまつげに囲まれている。たぶん、マスカラのせいだ。

「このサンダルは千ドル以上するのよ」

エイダンは目をしばたたき、彼女に見とれているあいだに思考力が鈍ったようだと気づいた。態勢を立て直して彼女のほっそりした体をじろじろ観察し、尊大に唇をゆがめる。「なるほど、お嬢さん、わかったぞ。人にぶつかっては金を巻き上げているんだろう。残念ながら、僕はそんな手に乗らない」

「金を巻き上げる？」

できるものなら、さらに目を見開いた彼女に惹《ひ》かれたくなかった。セクシーに突き上げる小ぶりな胸や、小さなデニムのショートパンツから大胆に露出しているすべすべした長い脚をちらちら見たりもしたくない。「いいか、きみが無一文の旅行者なのか、男をカモにするたぐいの女なのか知らないが、僕は間抜け扱いされるのはごめんだ」

「なんですって……」彼女のまなざしが険しくなり、エイダンの軽い素材のスーツを上から下へ、さらには下から上へとなめるように注がれる。彼は肌に無数のピンを刺されたような刺激を感じた。彼女の肩に力がこもり、美しい頰が上気したのがわかる。

そして玉座におわすクレオパトラさながらにエイダンの眼前にさっと立ち上がり、顎をぐいと上げた。

「あなたって最低ね」

エイダンはやれやれとばかりに頭を振った。「思うに、そのお遊びにつき合っている暇はない。彼女のサンダルはすでに壊れていたんだろう」ここはひとつ、彼女が金を脅しとろうとしたことをはっきり指摘してやろうと思ったとき、甲高い女性の声が彼の名を呼んでいるのが聞こえてきた。

「ミスター・ケリー？　まあ、ミスター・ケェーリィー、じゃありません？」

エイダンは振り返り、フライト中ずっと彼につきまとっていたキャビンアテンダントの姿を認めた。

「ああ、ミスター・ケリー、見つかって本当によかったわ」彼女はランチを前にした肉食性魚類《バラクーダ》さながらに、エイダンに向かって白い歯をきらりと光らせた。「あなたにお渡しするものがあるの」

エイダンはピンクの髪の女性が天に向かってくるりと目をまわし、人込みの中へと消えていくのを見た。彼女の無作法さをはっきり指摘してやれなかったのが心残りで、彼は目の前のキャビンアテンダントをにらみつけた。「それだけの価値があるものなんだろうな」

息を切らしたキャビンアテンダントがスカーレット・オハラよろしくマニキュアを塗った指を胸に当てた。そのとたん、彼女が目の前の男性――カーラは〝脳たりん〟というあだ名をつけた――の視界を独り占めしたがっているのがわかり、これは自分に消えろという合図だとカーラは受け取った。キャビンアテンダントが自分の電話番号を彼に教えたがっているのは間違いない。それとも手近な掃除用具入れに彼を引きずりこみ、真珠のような白い歯を有効に使おうとしているのかしら。

いいじゃない。いっそ、その過程で悪い病気でもうつされればいいのよ。

無作法で不快でいやなやつ！

カーラはぷりぷりしながらその場をあとにし、周囲の喧騒《けんそう》と雑踏に紛れこんで、足を引きずりつつもありったけの品位をかき集めて空港ビルの出口に向かった。ありがたいことに、これで二度とあの無礼な男と顔を合わせずにすむ。

外は土砂降りだった。ロスでもヴェガスでも雨に降られるなんて。カリフォルニアはいつもかんかん照りじゃなかった？　それにラスヴェガスは砂漠の真ん中よ。暑いはずなのに。カーラはガラスの自動ドアを通り抜け、肺から息を根こそぎにする氷のように冷たい風の中へと足を踏み出した。ああ、ひどい。この寒さじゃ今夜はペンギンも凍るわ。

両腕をさすり、寒さから来る膝の震えを止めようとしながら、カーラは雨に濡《ぬ》れた人々の長い列をすばやく見渡した。縁石沿いに並んでいるはずのタクシーは影も形もない。悪天候に不慣れな国は、どうしてこういうときにタクシーが消滅したみたいになるのだろう。これがイギリスなら、なんとしても信頼できる黒塗りタクシーをつかまえるのに。遅刻するわけにはいかないのだから。絶対に。

またも襲ってきた不安をカーラは奥歯を噛《か》みしめて抑えつけ、ビルの中に引き返してレンタカーの受付デスクを探した。

だが、窓口を見つけるなり彼女は立ち止まった。すでに二百人もの人たちが同じことを考えていたようだ。うろたえて外に戻ると、行列が前方へうねっていくのが見えた。三台のタクシーが縁石に止まり、ほっとした乗客を乗せて、すぐに走り去っていく。

そのとき、ぴかぴかのシルバーのリムジンがエンジンを響かせて歩道に近づいた。みなが羨ましげに眺めている。カーラは車から降りた若い運転手を見やり、それから人の群れを見た。この幸運のくじを引き当てた人物をひと目見ようときょろきょろし、誰も出てこないと、また運転手に目を戻した。彼が持っている名前札を読もうと少し右にずれる。

〝ミスター・ケリー〟と肉太の活字でそう書かれているのが見えた。

〝ミスター・ケリー？ まあ、ミスター・ケェーリイーじゃありません？〟

キャビンアテンダントの甲高い声が頭の中で響き、カーラは意地悪く目を細めた。まさかでしょう。ミスター・ケリーって、あの脳たりんなの？ それに、なぜ彼の名前にこれほど聞き覚えがあるのかしら。

別に興味はない。たぶん彼は思い上がった映画スターか何かだろう。すると、あの豪華なメルセデスに乗れたらという突拍子もない考えがどこからともなくわき上がり、カーラの頭を占領した。あの暖かくて、豪華なメルセデスに乗れたら……。

もちろんそんなの妄想だわ。ああ、でも乗りたい。さっきさんざん私を辱めた罰を与えたら？

カーラはキャビンアテンダントを従えた彼が大威張りで歩いてくるのではないかとターミナルを振り返った。彼にはあの車に乗る資格なんてない。北極圏から吹いてきたかと思うような一陣の風がまた氷の鞭《むち》を振るい、カーラを骨の髄まで震えあがらせた。

近くの子供がくしゃみをし、めそめそと泣きだす。

「ヴェガスで雨なんてねえ」幼子たちを抱き寄せた中年女性が愚痴をこぼした。

「それに、こんなに寒いなんて」カーラも同調した。

「あら、あなた、カーラ・チャッツフィールドじゃない？」

「恥ずかしながら」カーラは微笑し、女性がすぐに嫌悪の表情で顔をそむけるか、興奮して大騒ぎするものと思った。

「大変だったわねえ」女性はぺらぺらとしゃべりだした。「去年のあの下劣なスキャンダル記事を読んで、あなたが気の毒で気の毒で。あんなマネージャー、首にしてやればよかったのよ」

首にしたのはエージェントだったけれど、カーラは女性が熱心に自分を支持してくれることに感激して頭がぼうっとなった。「まあ、ありがとう」

「人の弱みにつけこむのってひどいと思うの。あのビデオで集中攻撃されるのは、あなたが女性だからよ。一緒に映ってた男性はあなたより裸に近い格好だったけれど、何も言われなかったじゃない」

「そうよね」

「ごめんなさい、大声出しちゃって」女性は顔を赤らめ、片方の子供の髪を意味もなく撫でつけた。

「いいえ」カーラはにっこりとほほ笑んだ。

女性もほほ笑み返した。「あのリムジンが私を待っていたのならねえ。誰が呼んだんだと思う？　どこかのプリンスかしら」

カーラは眉を上げた。「まさか」

彼女は周囲を見まわした。あの脳たりんは本当に掃除用具入れに行ったのかもしれない。

再び〝ミスター・ケェーリィー〞のリムジンを横取りするというアイデアが頭に浮かび、カーラは女性ににっこり笑いかけた。「私たちを待っているんじゃないかしら？」

「だったらいいわね」女性はため息まじりに答えた。

幼いほうの子供がくしゃみをしはじめると、カーラはすっと背筋を伸ばし、大股で若いリムジンの運転手に近づいた。「お待たせしてごめんなさい」快活に声をかける。「旧友を見つけたものだから」

「はっ？」

「私を待っていたんでしょう」

「ああ、いいえ、奥さま。お待ちしていたのはミスター・ケリーというお方です」

カーラは首を傾け、そうされると男なら誰でも自分の名前すら忘れてしまうと評判をとった笑顔を運転手に向けた。「それはミズ・ケリーだったんだと思うわ。でも、心配しないで。大丈夫だから」

「すると、あなたが……ミズ・ケリー?」

「ううん、そうじゃないの」カーラは辛抱強くほほ笑みつづけた。「お忍びで旅行中だから。偽名を使うしかなかったのよ。だってほら……去年のビデオクリップのことがあったでしょう」

若い運転手は、予想どおり顔を赤くしてまごついた。「いや、僕は――」

いいのいいの、というふうにカーラは手を振った。

「お願い、これ以上この話はしたくないの。それより、一緒に乗せてあげるってお友だちに約束しちゃったんだけど、かまわないわよね。この寒さじゃタクシーを待つのも大変だもの」

「ええ、それはもう」彼は慌てて車に駆け寄り、カーラのためにドアを開けた。「かまいませんとも、ミス・チャッツ――いえ、その、ミス・ケリー」

ほんのわずか罪悪感を覚えたが、それを無視してカーラは女性と子供たちに手を振って合図した。

「やっぱりリムジンは私を待っていたみたい。乗っていかない?」

「すごいわ。ほんとにいいの?」

「もちろんよ。ただ……急がないと」

ありがたいことに、ミスター・ケリーとは二度と会う必要はない。けれど、彼の滞在先を見つけだして、リムジンのお礼に匿名でシャンパンのボトルを進呈してもいいかもしれない。

カーラはそう考えていたずらっぽい笑みを押し殺した。誰かに車を奪われたと気づいたら、彼は激怒するだろう。そのときの顔を見たい気もした。

顔を真っ赤にして、うんと怒ればいいのよ。

2

エイダンの視界にピンクの髪のきらめきとほっそりした長い脚が入った直後、リムジンはテールランプを光らせて陰気な夜の闇へと走り去った。

驚いたな。どう贔屓目《ひいきめ》に見てもしみったれた旅行者でしかないと思っていた彼女にリムジンを呼ぶ金があるとは。いや、ことによると金持ちの愛人が迎えに来ていたのかもしれない。

あれほどの脚の持ち主であれば、そんなシナリオも充分にありそうだ。すんなりと金色に日焼けした脚……。触れたらきっとなめらかで、あの小さなショートパンツまでするすると手が滑っていくだろう。そして、ショートパンツの裾から指を一本くぐらせたら、彼女は小さなあえぎ声をもらして……。

エイダンははっと我に返り、自分がすっかり興奮していることに気づいた。

目と目のあいだをもみながら首を振る。あんな女を夢想の対象にするなんて、どうかしている。

彼女の服ときたら、肌を隠すというより、むしろさらすために着ているようなものだ。紫のブラウスはゆったりして、その下に小ぶりで張りのある胸があることをそれとなく示すだけだが、その下にどんなものがあるかと男の想像をかきたてるデザインだ。それに、あのサンダルは？　あれがセックスを意識してつくられたのでないとしたら、ほかにどうとらえればいいのか見当もつかない。

そうか、彼女は広告だったんだ。なるほど。僕の体は彼女という商品への興味で反応したわけだが、そんな餌に食いつくつもりはない。僕がラスヴェガスにいるのはひと晩だけで、目的はひとつしかない。

女性とベッドをともにするのとは無関係だ。

外の寒さにエイダンはジャケットのボタンをかけ、迎えのリムジンはどこだろうと見まわした。濡《ぬ》れた舗道に白い名前札が落ちているのが目に留まり、近づいてみると、そこには彼の名前が印刷されている。

たちまちエイダンの目つきが険しくなった。ここに名前札があるということは……やられた。彼女にリムジンを横取りされたんだ！

エイダンは携帯電話を引っ張り出し、メールをスクロールして、人事部長が使ったリムジン・サービスの案内を捜そうとした。だが残念なことに、すでに百通を超えるメールが新たに届いていて、辛抱強く目当てのメールを捜す気にはなれなかった。

彼は歯ぎしりしながら、ピンクの頭をした痩せっぽちの宿無し女をゆっくりと切り刻むありとあらゆる方法を静かに思い描いた。ラスヴェガスでの仕事を終えたら、すぐに見つけだしてやる。エイダンは暗くなった空を仰ぎ見た。

月の位置を見きわめるには灰色の雲が多すぎたが、もし見えれば間違いなく満月だろう。普段エイダンは迷信深くはないが、快調な滑りだしを見せた一日が坂道を転がるように暗転した理由はほかに説明がつかない。まず、個人秘書が辞めた。仕事に対するエイダンの要求が厳しすぎるというのだ。次に、シドニー空港へ行く途中、動物を生きたまま輸出するのに反対する緊急デモに阻まれた。やっと空港に着いたはいいが、結局、機器に問題が生じて飛行機は飛べなかった。シドニー発ラスヴェガス行きで飛行可能なのは一便のみで、しかも空席はひとつで、ファーストクラスでもなかった。

長身の体を座席に押しこめるのは快適とは言いがたいうえ、ほかの乗客が眠ったり映画を見たりするあいだ、彼はずっと仕事をしていた。それも、後ろの座席の幼児に絶えず邪魔されながら。

エイダンは疲れのにじんだため息をついた。宿敵のマーティン・エラリーに挨拶するつもりだったが、こんなよれよれの格好では無理だ。だが、まあいい。なんとかなるだろう。あの男には十四年にわたって復讐心《ふくしゅうしん》に似た思いを抱いてきた。それが切実な願いへと変わったのは、父が他界した一年前だ。

今夜、その願いがかなう。行く手にどれほど障害が立ちはだかろうと、失敗は許されない。死の床にある父と約束したのだ。父の一生を台なしにした男に復讐すると。

まずいことに、最高の腕前と莫大《ばくだい》な富を持つギャンブラーがしのぎを削る今夜の〈チャッツフィールド・カジノ〉では、非常に厳密なハウスルールが適用される。ゲームのスタートを逃した場合、もう参加は許されないのだ。

腕時計をのぞいたエイダンの不安が高まった。

ヘリコプターをチャーターできるだろうかと考えたちょうどそのとき、数台のタクシーがやってくるのが見えて、列をなす人たちが色めきたった。

皺《しわ》だらけだがシックなスーツ姿の女性が、一台目のタクシーに乗りこもうとしてちょっと動きを止めた。エイダンを見ている。

女性の顔に浮かぶその表情は、いままでにも何度となく見てきたものだ。彼女が五分前から自分を見ていることに、エイダンはとうに気づいていた。

「ご一緒にいかが？」彼女がきいた。

その申し出にはタクシー以上の意味があり、双方ともそれを知っていた。だが、町へ行く途中で彼女の期待をなだめることはできる。

「ぜひ」

三十九分後、エイダンはきれいに髭《ひげ》を剃《そ》り、黒のスーツとドレスシャツに着替えた。ネクタイは嫌いだからしない。そして、チャッツフィールド・ホテルの誉れ高いマホガニールームの入口で立ち止まった。

豪華だ。だが、そんなことは先刻承知だ。大きなクリスタルのシャンデリアが輝き、部屋の向こうの壁際にはバーがあり、上等なベルベットのスツールが並んでいる。部屋はすでに半分ほど人で埋まり、うっすらとたなびくキューバ葉巻の煙と過剰な香水のまじり合った甘い香りがした。いつものエイダンの世界ではない。だが、いま彼を見ている人々の誰ひとりとして、彼がある男の人生を破滅させようともくろんでいるとは考えないだろう。

グラスの氷を鳴らしながら、エイダンはエレガントな人々の群れを見渡した。彼のプレイ相手となる数人の男たちは、すでにメインテーブルに腰を落ち着けている。その中にマーティン・エラリーの姿はなかった。エイダンは室内を見まわした。

すると、目当ての男が視界に飛びこんできて、心臓が鼓動をひとつ飛ばして打った。

エラリーはひとりではなかった。バーの傍らに立つ彼は、誰あろうピンク頭の宿無しと一緒だった。僕のリムジンを横取りした女と！

エイダンは彼女の全身にさっと目を走らせた。優美な曲線をぴったりした黒いドレスで腿の半ばまで覆い、驚くほどエレガントに見える。そして、ガーターベルトを使わないニーハイ・ストッキングに、またも摩天楼のように踵《かかと》の高いハイヒールを履いていた。エイダンの脳裏に、彼女がその格好のまま、キングサイズのベッドに座る彼の眼前に立つ光景が浮かんだ。

くそっ。

大金の飛び交うカジノに女性がいる理由はただひとつ。金持ちの男を引っかけに来たか、すでに引っかけたかのどちらかだ。

そうした実情を知るには充分すぎるほど、エイダンはかなり以前からの資産家だった。そしてあの女性――車泥棒が金に目がないことは、どれほど頭の鈍い男でもわかる。

思わずにやつきそうになったとき、エラリーが彼女のほうに身を乗り出した。もう彼女を自分のものにする権利を手に入れたのだろうか？

だとしても驚きはしない。最後の妻が亡くなる前から次に乗り換えていたと噂《うわさ》される男だ。マーティン・エラリーは〝誠実〟という言葉の意味を知らない。あるいは、気にもかけていない。

あいつとは久しく会っていない。だから今夜、話が弾むことはないはずだ。無理やり会話をしようとするほど、エラリーもばかではない。僕に嫌われていることは百も承知なのだから。

エラリーが車泥棒の手の甲をさっと撫《な》でた。そのしぐさが、エイダンはなぜか気に食わなかった。まるでこの女には手を出すなと、ほかの男に警告するかのようだ。

エイダンは胃がむかつくのを覚えた。彼女がエラリーと一緒にいるからには、たぶん幸運の女神として勝負の場にも同席するのだろう。だが、今夜あいつに幸運をもたらすには、ひとりの美人モデルくらいではとても足りなくなるはずだ。

車泥棒が後ろに下がってエラリーに媚《こ》びた笑顔を向けると、エイダンはまたも血のたぎるような強烈な欲望を覚えた。近づきながら観察しても、彼女の何がこれほど強く自分を引きつけるのかわからず、自分の反応に軽くいらだつ。そう、確かに彼女には猫を思わせる優美さがある。脚もきれいだ。だが、人の車を奪った。そういうことをするのは、モラルのかけらもないか、権利というものを拡大解釈しているやからだ。

どちらも彼には魅力あるタイプとは思えなかった。

「お飲み物をお持ちしましょうか？」

エイダンは傍らに立ったウエイトレスを見た。

「いや、僕はポーカーをしに来たんだ」彼はエラリーがメインテーブルに移動し、キスをしたくなるような唇をしたピンク頭の車泥棒がひとりになったのを認めた。

彼女は僕を見たらどうするだろう。

幸い、その答えが出るまで長くはかからなかった。彼女がエイダンの視線を感じたように目を上げ、あたりを見まわしたのだ。彼は意図的に穏やかな表情を保ち、彼女が腹をすかせたクーガーの群れに出くわした子鹿のように目を見開くさまを見た。

いやだ、どうしよう！

あの人、私をつけてきたんだわ。

カーラはにわかには信じられなかった。しかも彼は招待客限定のマホガニールームに入ってきた。私がしたことを知っているのだろうか。彼の車を拝借したことを。もちろんそうに決まっている。そうでなかったら、彼がここに来る理由なんてある？

彼にじろじろ見られるうち、部屋にいたほかの人たちがみな消えてしまった気がして、カーラは自分の胸の鼓動と彼の視線以外、何も感じなくなった。

彼を追い出さなくちゃ。大事な勝負の前に彼がひと悶着《もんちゃく》起こしてクリストスの耳に入らないうちに。大急ぎで。

いちばんいいのは直談判《じかだんぱん》だと決心し、カーラは脚の震えを抑えこんで彼のほうに歩いていった。

部屋の広さが急に三倍になったようだ。どうか車を横取りしたのが私だとばれていませんように。

それとも、リムジン・サービスの会社からもう連絡を受けたのかしら？

でも、もし彼が車のことで私を追ってきたんじゃなかったら？　まだ私を娼婦《しょうふ》だと思っていて、私と一夜を過ごす気になったのだとしたら？　その可能性を思うなり興奮が体を駆け抜け、結局、自分は彼に惹《ひ》かれているのだとわかってショックを受けた。

カーラは彼の真正面で足を止めた。とはいえ、二人のあいだには少なくともバス二台分くらいの距離はある。「申し訳ありませんが」カーラは少し息を切らして口を開いた。「こちらのお部屋はご招待客さま限定になっております」

彼は動じることのないまなざしでカーラの顔をじっと見つめ、それから微笑した。「やあ、僕がサンダルを壊したご婦人だ」

豊かで深みのある声に、カーラの胸が高鳴った。「その、正確に言うと、あなたが壊したんじゃないんです」彼女は神経質な声をあげて笑った。「偶然だったの。それにあなたの言うとおり。私はもっと前方に注意して歩くべきでした」

「ぶつかったのは僕のほうなのに、ずいぶん寛大だな」彼は楽しそうに言った。あまりにも楽しそうに。

車のことを知っているんだわ。カーラは少し落胆して、探るように彼の目を見た。どうしようもない罪悪感に苛《さいな》まれる。

電気あんかを押しつけられたようにほてる顔が赤くなっていないことを願い、カーラは落ち着くのよと自分に言い聞かせた。もしかしたら、この人は何も知らないのかもしれない。すべては私の罪悪感から生まれた妄想なのかもしれない。「どうぞもうその話は」カーラは咳払《せきばら》いをした。「ところで失礼ですが、招待状を……」

カーラはふと言葉を切り、彼の困惑した顔をまじまじと見た。

ミスター・ケリーって……ひょっとして、エイダン・ケリー？

彼を以前どこで見たかを思い出すや、階下のポーカーマシーンが大当たりをたたき出したときのように、カーラの脳にぱっと明かりがともった。二枚目俳優なんかじゃない。ケリー《K》・メディア《M》・グループ《G》を率いるエイダン・ケリーだ。オーストラリアの大手テレビ局の創始者で、その勢力はイギリスのエンターテインメント界にまで拡大し、最近はイギリスのテレビ局と共同で何かしていた。それがなんだったかは思い出せないけれど、彼が巨万の富と世界的な影響力を持っていることは覚えている。それに無作法でうぬぼれ屋であることも。でも……。カーラは苦しげに喉をごくりとさせた。「招待状はお持ちですよね？」

　カーラがほとんど金切り声と変わらない声を出すと、エイダンの笑みが大きくなった。

「ほかに僕がここにいる理由があるか？」

ないわ。あるわけない。私のテーブルでポーカーをする以外の理由は。

　カーラは心の中でうめいた。これで今夜は台なしだわ。一巻の終わり。この人はきっとクリストスに苦情を言うだろう。そうしたら……。謝らなくちゃ。空港での一件を認めなければ。遅刻しそうだったのだということを、やぶれかぶれだったのだということを。

　いいえ、取り乱してはだめ。だって、もしこの人が何も知らなかったら？　なのに私が自分の非を認めたりしたら、事態は十倍も悪化する。そうよ、こんなときはフランコ兄さんが教えてくれた古いクリケット用語〝バットを握る力を抜く《プレイ・デッド・バット》〟よ。力を抜けば飛んでくるボールの勢いが削がれ、地面に落ちて止まってしまう。

「それでは、ミスター……」

　エイダンの唇の片端がきゅっと上がる。「ケリーだ。エイダン・ケリー」

　ああ、ジェームズ・ボンドだってこの人にはかなわない。カーラはなすすべもなく思った。

「とんだ誤解をして申し訳ありません、ミスター・

ケリー。マホガニールームへようこそ。私はカーラ・チャッツフィールドと申し――」

「そうじゃないかと思った」

カーラは笑顔をつくったが、いまにも唇がひび割れそうだった。「ええ、はい。先ほど申し上げたとおり私は今夜のゲームのホステスです。よろしければそろそろまいりましょう」

エイダンが並んで歩きだすと、カーラはためていた息をゆっくりと吐き出した。ひょっとしたら、ひょっとしたら、このまま何事もなくいけるかも。

「来るのが遅れてすまなかった」エイダンは軽い口調で言った。「実は……」

彼が言いよどんだので、カーラはちらりと顔を上げた。彼の満面の笑みに心臓が早鐘を打つ。

「空港で手間取ってね」

ああ、もうだめ。カーラは頭がくらくらした。彼のリムジンを横取りしたのが褒められたことでないのはわかっている。だから、気は重いけれど謝ろう。切羽詰まった状況で気が動転し……彼のぶっきらぼうな態度にいささかうんざりしていたのだと弁明しよう。

明日。

今夜の仕事が終わり、明日になったら。

「それは大変な思いをなさいましたね」カーラはきびきびと言った。

避けられないことを先送りにすると決めからには、残された選択肢はただひとつ、何もかも順調だというふりをしつづけるしかない。

エイダンがそれ以上何も言わなかったので少し気持ちが楽になり、カーラは彼をメインテーブルのある一段高くなった円形の壇へと案内して、落ち着き払った笑みを顔に張りつけた。彼が脱いだジャケットを受け取ろうと手を伸ばしたとき、スパイスと自然な感じのする男性の匂いが立ちのぼった。彼がすぐにはジャケットを放さなかったので、カーラはちらりと目を上げた。

「そうそう、ミス・チャッツフィールド？」

カーラは目をしばたたき、ただ彼を見つめていた。

「面倒でなければ、地元の警察署の電話番号を調べてくれないか。通報したい事件があるんだが、いままで時間が取れなかったものでね」

ああ、もう終わりだわ。これでまた私はチャッツフィールド一族のおばかな末娘として世間に認知される。不良娘——存在するべきではなかった娘に。

「事件？」カーラは弱々しい声で尋ね、彼に身を投げかけて慈悲を乞おうかと考えた。聞く耳を持ってくれるならばの話だけれど。そのとき、空港でやり合った際の彼の冷たい蔑みと傲慢さを思い出した。

「きみが心配することはない」エイダンはそう言ってようやくジャケットを放して席についた。

3

エイダンはメインのゲームテーブルについてベルベットで裏打ちされた椅子の背に寄りかかり、片方の腕を背もたれにかけた。

警察と聞いてカーラが失神せんばかりなのを見て、エイダンは陽気に口笛でも吹きたい気分だった。もちろん警察に通報するつもりなどない。彼女が不安げな目でひと晩じゅう僕を見るなら、それで充分な処罰になる。

というか、そうなるはずだった。あのぞくぞくする目を向けられることで、思いがけず自分が彼女を意識するようにならなければ。

まさか、ここ一番の集中力が求められるときに気を散らされるとは。

だが、まあいい。いまのところ、ゲームは計画どおりに進んでいる。エラリーは不安に駆られて何度か軽率なプレイをしたが、ゲームを降りるまでには至らなかった。この老人が何よりもまず仲間の前でいいところを見せ、好調なままゲームを終わらせたがっているのがよくわかる。

エイダンはエラリーを鋭い目で観察した。老人の注意はまたもカーラ・チャッツフィールドの胸の谷間に吸いこまれている。

テーブルを囲む多くの男たちと同様、エラリーが彼女に気を取られていればこちらの仕事はやりやすい。にもかかわらず、カーラの笑顔と、えも言われぬ喜びの時間を約束してくれる官能的で優雅な長い手と脚を見ると、エイダンは顎に力がこもるのを感じた。

カーラは若さのわりにずいぶん場慣れしていた。そして、実に気安く年配の男たちに体を触れさせている。いや、そうか？　エイダンは彼女の表情にときおりかすかなためらいがまじるのを見て取った。彼女は見かけほど楽しんではいないらしい。

石油成金のシークが、トイレに行きたいとタイムアウトを要求した。胴元補佐《クルピエ》が十五分の休憩を告げ、男たちが体をほぐしに席を立つ。だが、エイダンは立たなかった。そのままでいることがマーティン・エラリーの破滅を意味するなら、ひと晩じゅうだって座りつづけていられる。

自分の腕前がエラリーを驚かせたのはわかっていた。エイダンは生まれついてのギャンブラーではないからだ。彼は保守的にすぎた。父もそうだった。だが、ポーカーがエラリーの弱点であることは知っていたから、必死に覚え、上達した。感情を表に出さないという生まれつきの資質が役立ったのだ。それは父と共通するもうひとつの特質だった。

亡くなった父は、マーティン・エラリーによる十四年前の裏切りに生きる意欲を奪われた。今度は僕がやつを破滅させる番だ。心を真っ二つに折ってやる。あいつのプライドを、評判を、信頼を、徹底的にたたきつぶす……。そして生きる理由などなくなってしまえばいい。

　エラリーは窮地に追いこまれていた。刻々と減るチップの山は、一連の軽率な相手と同額の賭け金《コール》と賭け金のつり上げ《ブラフ》が最終局面に近づきつつあることを示している。頭のいい男ならこうなる前に席を立ち、この場を去っていただろう。エラリーをテーブルにとどまらせているのは、彼のプライドだった。エイダンはそのことを見抜き、そこに賭けていた。

　いまエラリーは部屋を横切ってカーラのもとに行き、その手を握った。とたんにエイダンは腸《はらわた》が煮えくり返った。あの男はずっと彼女を撫《な》でまわしているが、カーラのハスキーな笑い声を聞くかぎり、彼女は少しも気にかけていないようだ。

　さっき彼女の表情に傷つきやすさをかすかに見たのは、見間違いだったのだろう。自分が見たいものを見ただけだったのかもしれない。

　だが、なぜだ？　エイダンは自問した。なぜ僕は、彼女が見かけとは違う女性であってほしいと願っているんだ？

　頭が空っぽで身持ちの悪い女。エイダンはクリームのようになめらかなカーラの喉から、ふっくらした唇と黒いアイシャドーに縁取られたエメラルドグリーンのややつり上がった目へと視線をさまよわせた。あの瞳も髪の色と一緒で偽物に違いない。とはいえ、ピンクのショートヘアが彼女をセクシーな小妖精《ピクシー》のように見せていることは認めよう。とても背の高いセクシーなピクシーだ。

　そのとき、カーラがエラリーの話を聞くために身を乗り出した。やつの好色な口からよだれが滴っていようとおかまいなしという風情で。エイダンは彼女がエラリーを部屋から連れ出しながら、まばゆい笑みを浮かべていることに嫌悪感を覚えた。

いったいあの二人はどこへ行こうというんだ？　エラリーのスイートルームか？　休憩は十五分しかないが、そんなチャンスを手にしたら、エラリーは間違いなく彼女を味見したいと考えるだろう。

エイダンは顔をしかめて二人が消えていった通用口を未練がましく見やりながらも、チャッツフィールドのお気楽なお嬢さまが何をしようと自分には関係ないと思いこもうとした。彼女が男の本性を見きわめられない愚かな娘だとしても、僕が彼女を守ってやる筋合いはない。

いかなる問題に対しても決して感情的にならない――もう何年も前から、エイダンはそれを信条としてきた。実際、カーラ・チャッツフィールドは人に守ってもらわなければならない女性ではなさそうだ。

じゃあ、あのじいさんが彼女のドレスの中に手を入れるかどうかも気にならないと？　もし、彼女の唇を奪っていたら？　彼女のなめらかな喉をキスでたどっていたら……。

くそっ。

「あのドアはどこに続いているんだ？」エイダンは怒鳴るようにきいた。

声をかけられたウエイトレスはびっくりした顔で彼を見上げた。「〈ハイステイクス・バー〉とラスヴェガス大通りを見晴らせるバルコニーです。でも、今夜はどちらも閉まっています」

エイダンはぶつぶつ言いながら席を立った。もし、誰かがあのなめらかな喉に唇を這《は》わせることがあるとしたら、それは僕であり、あいつではない。

カーラはマーティン・エラリーのもぞもぞした手からもう一度すばやく身をかわし、ため息をついた。

誰にも邪魔されず、二人きりで〈ハイステイクス・バー〉から絶景を見たいと言われたときには彼を信じた。いつもは簡単に人の言葉を真に受けたりしないのに。今夜はカジノに客が集中するだろうからと、バーは休業していた。暗がりの野外バーの静寂は、なぜかカジノの騒がしさより耳に痛い。

　さっきはエラリーが最初の妻とのあいだにできた赤ん坊を流産で亡くしたという話を聞き、気の毒に思った。その娘が生きていれば、カーラと同じくらいになっていたと聞いて。いまとなっては彼の話が事実かどうか怪しいものだが、それはもうどうでもよかった。というのも、彼女の腕や手の甲に軽く触れてくるその手つきが、娘に対する父親のものではないのが明白だったからだ。

「景色をご覧になりたかったんでしょう。だったらバーが開いているときに出直しましょう」カーラは礼儀正しくやんわりと忠告し、バルコニーの端から離れて背筋を伸ばした。「そろそろ私も仕事に戻らないと」

　口もとに浮かべたつくり笑いが消える前に、エラリーはカーラの腕をつかんだ。「わしが景色を見たくてここへ来たんじゃないことはわかっていたはずだ、カーラ」

　エラリーが近づいてくると、カーラはなぜか前より彼の体が大きくなった気がした。

「あとでわしの部屋へ来るんだ。あんたがそうしたがっているのはわかっている」

　私がそうしたがっている、ですって？

　カーラはショックのあまり無言でエラリーを見つめながら、吐き気を催すほどの怒りが露骨に顔に出ていないよう願った。彼はまだ自分がそこそこ女にもてると考えているらしいが、いったい私の何が彼に惹《ひ》かれているという印象を与えたのかしら？　何より、エラリーが逆上して騒ぎ、それがクリストスの耳に入らないようにしてこの窮地を脱するにはどうすればいいの？

彼を押しのける方法を思案するうち、カーラは肉づきのいい指が腰骨に食いこむのを感じて、心臓が飛び出しそうになった。彼の体と冷たい金属の手すりに挟まれて身動きがとれない。

「ミスター・エラリー！」カーラは彼を制するように両手を掲げた。「人がいます」

エラリーの目が険を帯びた。だが、引き下がりはしなかった。「誰が？」

誰が？　誰がですって？　ああ、男の人って、諦めるということを知らないの？

カーラはカジノのメインドアを絶望的な目で見すえ、誰かが出てきてくれるよう願った。

「ケリーだなんて言うなよ」

それが女性の名ではなく、エイダン・ケリーのことだと気づくまでわずかに間があった。カーラは動きを止めた。思考の歯車がくるくるとまわりだす。

二人の男が互いを嫌悪していることは、テーブルについていたときの彼らのやりとり、あるいはやりとりのなさから一目瞭然だった。エイダンが新たな勝負で勝ちを収めたとき、マーティン・エラリーの顔をほとんど恐怖と言っていいものがよぎるのを、カーラは何度か目にしていた。私がひそかにエイダン・ケリーとつき合っていると匂わせたら、この男は気を悪くするかしら？　そうなれば、今夜はもう私をほうっておいてくれるかもしれない。

「女は口が固いんです」そう言えば彼の推測を裏づけることになると知りながら、彼女は小声で言った。

「あいつは女嫌いだ。覚えておくがいい。あんたのその優しい心は傷つけられ、オーストラリアにいるほかの女の心とともに埋葬されるぞ、ダーリン」

カーラは我知らずエイダン・ケリーのハンサムな顔を思い浮かべていた。空港で最初に彼と顔を合わせたときは、心臓が止まった気がした。そして足もとが大きく揺らいだ。もちろん、それはサンダルが壊れたからだが、悲しいことに、物事をロマンティックに考えがちな彼女の目に映ったエイダンは、理想の王子様そのものだった。

でも、違うのだ。彼にがみがみ言われたとたん、カーラにはそれがわかった。それでも彼とデートをしたいという気持ちは消えなかった。それ以上のことも。彼女はしぶしぶその事実を認めた。あのキャビンアテンダントと同じように、目をお星さまみたいにきらめかせて彼を見ていた。ところが向こうは彼女を最低な女としか考えず、その後はずっと無視した。ゲーム中、ときおり自分を見ている彼と目が合うと、気まずく感じるほど体がほてった。

気まずいと言えば、マーティン・エラリーがまるでそうする権利があるかのようにウエストに指を食いこませてくるのを止めるときもそうだった。カーラは彼の腕を押しのけて無理やり口もとに笑みを浮かべた。「さあ、ミスター・エラリー……」

「お邪魔だったかな」

エイダン・ケリーのことさらにゆっくりとしゃべる声に、マーティン・エラリーがさっとカーラを放して押しやった。彼女はほっとしてため息をついた。

「おやおや、誰が呼びに来たのかと思ったら」エラリーが小ばかにしたように笑った。「色男くんか」

カーラは喉の奥で小さく押し殺した声をあげ、どちらの男性にもその声が聞こえなかったことを願った。マーティン・エラリーに信じこませたことは、なんとしてもエイダンに知られたくない。

「手が早いな、じいさん」

「なんの用だ、ケリー？」

「新鮮な空気が吸いたくてね」エイダンは気軽そうにぶらぶらと二人に近づいてきた。「どうやら場違いなところに来たらしい」

「バーは休みだからな」老人はせせら笑った。「そうは見えないが」

エラリーの目つきが鋭くなった。「今夜ここでおまえに会ったのは驚きだったと言わねばならん」

エイダンは手すりにもたれかかり、真下に見えるラスヴェガス通りのきらびやかな景色にのんびりと見入った。「そうか？」

緊張をはらんだ空気はかすかに震えていたが、エイダンは敵対者よりもうまくそれを隠していることにカーラは気づいた。

エラリーが両足を広げた。「身のほど知らずもたいがいにするんだな、若造」

ほんのわずか顔の向きを変えただけで、エイダンのまなざしはリング上のプロレスラーさながらに尊大なマーティン・エラリーを押さえこんだ。「二度と僕を〝若造〟と呼ぶな」静かな声で警告する。

「脅しても無駄だ」エラリーは怒鳴った。「おまえの上を行く男たちが、以前わしを負かそうとしたが、みな失敗した」

エイダンは歯を見せて笑った。「被害妄想の気があるんじゃないか、じいさん。僕はここへポーカーをしに来ただけだ。あなたと同じく」

「せいぜいいまの連勝を楽しむんだな」エラリーはあざ笑った。「いつまでも続きはしない」

「そうだな」エイダンはその事実を残念がるようにゆっくりと応じた。

カーラはごくりと唾をのんだ。エイダンが恐ろしい男で、敵にまわすのは危険だと本能が教えていた。彼女は争い事が嫌いだった。誰かと真っ向勝負をするくらいなら、頭に枕をかぶって隠れているほうがいい。

「部屋に戻ったほうがいいんじゃないかしら」二人の男から発散される敵意を消すのが自分の役目だと思い、カーラは言った。だが、残念ながら、二人とも彼女には目もくれなかった。

「深みにはまったな、若造。父親そっくりだ」

カーラは険悪な空気を感じ、すばやく息を吸った。エイダンがナイフを構えているのではないかとゆっくり首を巡らせたが、彼は明らかに自分を侮辱しようとした男に柔和な笑みを向けている。エイダンを見ながら、一瞬前に感じた緊張感は思い過ごしだったのだろうかとカーラはいぶかった。しかし、彼から放たれる高揚は感じ取った。いえ、もしかするとそれは私が発しているのかもしれない。

「お二人とも――」

「気をつけるんだな、ケリー」エラリーはカーラの腰に手を戻して彼女を驚かせた。「さもないと、思った以上のものを失うぞ」

ああ、もうっ。カーラはエラリーが明かさんとしていることを思い、屈辱に身を硬くした。

「そんなに心配するのはやめろ、マーティン」エイダンは友好的に言った。「被害妄想めいた口ぶりになっているのがわからないのか」

腰に置かれたエラリーの手が少し震えたのを察するなり、カーラは急いで横へ一歩動いた。これで男たちは彼女に邪魔されずに顔を突き合わせることができる。カーラは逃げ出そうとしたが、その前にエラリーに行く手をふさがれた。

「ポーカーテーブルで会おう、ケリー」

「楽しみにしている」エイダンはゆっくりと応じた。

エラリーは戻る途中でエイダンをにらみつけ、カーラのことは完全に無視した。

「どう、おもしろかった？」カーラはぎこちない沈黙を埋めようとエイダンに小声できいた。

「きみが薄汚れた年寄りが好きならね」

「あなたたちのあいだにどんな問題があるのか知らないけれど……ミスター・エラリーには手加減してあげるべきじゃないかしら」根が優しいカーラはそ

う言わざるをえなかった。「たぶん彼はあなたのことを本気で怖がっているわ」

エイダン・ケリーは髪一本動かさなかった。「それはそうだろう」

私も同じよ。カーラは少しやけになって思った。

「きみは薄汚い老人が好きなのか、ミス・チャッツフィールド?」彼は蔑むように尋ねた。

シャツの袖を肘までまくり上げたエイダンは、アクション映画で見た最高に精力的な男性であってもおかしくなかった。「老人の定義にもよるけれど」カーラは笑顔で雰囲気を明るくしようとした。「一般的に言えば、好きではないわ」

「それならエラリーに近づくな。あいつは有害だ」

カーラは少し黙りこんだ。夜更けのそよ風がこめかみの髪を優しくなぶり、遠くからニューヨークニューヨーク・ホテルのジェットコースターがたてる轟音《ごうおん》と、それに合わせて乗客からあがる悲鳴が聞こえてくる。夜気は涼しく、両手はじっとりと冷たいというのに、カーラは顔が上気するのを感じた。

「ご忠告ありがとう」努めて明るく言う。「さて、かまわなければ私はもう戻らないと」

「あいつに何をされた?」エイダンが唐突に尋ねた。

カーラは首を横に振った。「何も」

「何も?」エイダンの青い目が突き刺すように彼女を見すえた。「あいつとつき合っているのか?」

「つき合っている……つまり」カーラは眉根を寄せた。「デートを目的としてということ?」

エイダンが何も言わないので、カーラは彼がまさにそのことを意味しているのだと悟った。

「いいえ」

「つき合いたいのか?」なおも彼は真顔で尋ねた。

「冗談じゃないわ!」考えただけで胸が悪くなりそうだ。すると、目の前の男性は足を踏みかえた。

「それなら、今夜のように、やつに笑顔を向けるべきじゃない」

カーラは顔をしかめた。「あれは仕事よ」

「きみはあの笑顔でやつに誘惑のシグナルを送り、極上の喜びを約束していた」

カーラはその言葉にショックを受けた。もしきかれたら、自分の笑顔にそんな威力はないと言っただろう。だがいま、濃いまつげの下に自らの思いを隠しているエイダンを前にして、彼女は体の奥で思いがけない性的な動揺を意識した。

エイダンが近づいてくると、カーラは無意識に壁際まであとずさった。

「私の笑顔にはそんな……」言いかけて、カーラはエイダンの視線が自分の唇に落ちているのに気づいた。視線はぐずぐずとそこにとどまってから彼女の目に移った。

「いや、ある」エイダンは断言した。「その目があれば、疑うことを知らない気の毒な運転手を思いどおりにできるかもしれない。だが、エラリーのような男はそれを青信号として受け取る。きみが彼にそれを望もうが望むまいが」

その指摘の中でカーラに聞こえたのは〝運転手〟という単語だけだった。「知っていたのね」屈辱を覚えながら彼女はささやいた。「そうなのね？」

エイダンがカーラの個人的領域とも言えるところまで近づいてきたので、彼女は頭を後ろに反らして彼を見上げなければならなかった。

「僕が知っているのは、きみのせいで今夜ずっと気も狂わんばかりの思いをさせられたことだ。答えてくれ、ミス・チャッツフィールド」彼の声がざらつき、二人の視線がぶつかる。「きみは評判どおりセクシーさを売り物にする若い娘なのか？　それとも華やかな外見の下はまったくの別物なのか？」

再びカーラは動揺したが、今度は彼の口調に込められた刺々《とげとげ》しさのせいだった。

なんと答えようかと考える前に、エイダンはさらに彼女との距離を詰めた。二人の距離が近すぎて彼の熱が感じられるほどだ。見つめられるうち、空気が濃密になって口が乾き、カーラは動けなくなった。

エイダンの頭が下がってくると、全身の細胞という細胞がある一点に向かってとがり、カーラは彼のキスを待ち望んだ。唇に彼の唇が触れるのを。それはこの世で最悪の感覚であり、同時に最上の感覚でもあった。高まる期待、ジェットコースターに乗って宙を舞う感覚。胃がもんどり打って吐き気さえ覚えるかもしれないが、そのスリルに見合うだけの価値はある……。

ついに彼の唇がカーラの唇に触れた。かすめるような触れ合いだった。つかの間の。穏やかな。

一瞬、二人はじっと見つめ合った。目を見開いて。唇と唇はほんの数センチしか離れておらず、温かな息がまじり合う。それから彼が動いた。片手をカーラの腰にまわし、もう一方の手は髪に差し入れて、飢えたように彼女の唇を奪った。

足もとの床が傾いたかのようにめまいを感じたカーラは目をつぶり、体を支えるためにエイダンにしがみついた。気づいたときには、彼の舌が閉じた唇をなぞっていて、制止するなど思いもよらずカーラは唇を開いた。

唇に感じるエイダンのかすれた声に、カーラの背筋に震えが走った。さらに強く抱き寄せられ、胸と胸が、下半身と下半身が密着する。彼の興奮ぶりを感じて、カーラは低いうめき声をもらした。

エイダンの唇は温かく固い。そして舌は私の口の中にあって……興奮がジグザグに体を駆け抜け、脚のあいだに熱いものがたまっていく。ああ、神さま……。小さく声をあげてキスを返して舌をからませるあいだ、カーラは彼の肩をつかみ、うなじをなぞって豊かな髪に手を差し入れた。もはや意識には彼のキスしかなく、自分がどこにいるかもわからない。

だが残念なことに、下から聞こえてきた大きな衝撃音が二人を驚かせ、カーラはまばたきする間もなく自由の身になっていた。鋭く息をあえがせて片手で胸を押さえ、呆然《ぼうぜん》とエイダンを見つめる。

彼の目が突き刺すようにカーラを見ていた。彼の息遣いも乱れている。

「あとで会おう。ゲームが終わってから」

それは命令同然だった。カーラは彼の瞳に燃える欲望から目をそらせなかった。いまはただ彼にもたれ、体の奥に感じる渇望のうずきをなだめたい。男性に対してこれほど体が反応したのは初めてだった。

理性が彼女を説き伏せるかのように、唇がわなないた。警戒心を見せなさい、あなたが傷つくだけよ、と。カーラは深く息を吸い、いま言える唯一の言葉を口にした。「いいわ」

4

ゲームのあとで会ってくれと、僕は本当にカーラ・チャッツフィールドに言ったのだろうか。
カーラへのキスはとっさの出来事だったが、エイダンがそういう衝動的な行動に出ることはまずなかった。彼の人生はすべて最高度に計算し尽くされていた。家政婦はそのことでよく彼をからかった。
〝時計のように正確ですね〞
そう、時計のように。彼が好むのはそうした生き方だった。曲がり角の向こうに予想外のことは何も待っていないとわかっている人生が。それなら何があっても混乱せずにすむ。だが、なぜいまそんなことを考えているんだ？　いまは剃刀《かみそり》のように神経を研ぎ澄まし、集中しなければならないのに。

わかった、認めよう。僕はカーラ・チャッツフィールドに惹《ひ》かれている。だが、それがどうした？これまでも女性に惹かれたことはあるが、こんなふうに性的衝動に支配されたことはない。確かに彼女はいい匂いがするし、右耳の横には小さな茶色いほくろがある。けれど、現実の彼女は軽薄そのものだ。外見がいくら美しかろうと、根本的に信頼できない女性に興味はない。たとえ短期間であっても。

それにカーラ・チャッツフィールドはあまりに若く、強情で、浅はかだ。ぞっとするのは、カーラの噂《うわさ》を知っていながら、それでもあとで彼女と会うと確信していることだ。彼女をベッドに連れていくと。なぜか彼女には〝魅力的〟という表現は正しくない。それでも彼女に感じるものを言い表すのにぴったりの言葉はほかに思いつかなかった。

要するに、カーラから目を離せないのだ。部屋の向こうで彼女がバーテンダーとしゃべっているいまも。悩ましいことに、バルコニーから戻ったあと、彼女はほとんどメインテーブルに来なかった。

エイダンは、テラスへ出たときにエラリーがカーラに手をかけていた光景を思い出した。彼女の顔に浮かんだ一瞬の安堵《あんど》を。エラリーとはつき合っていないし、興味もない――彼女はそう言っていたが、それならなぜあの男の顔をひっぱたいてやらなかったのだろう。もっとも、彼女がどうしようが関係ない。あの女らしい曲線を楽しむ以外、彼女について知るべきことはないし、知りたいとも思わない。

カーラと部屋に戻ったときのために、遅い夕食を手配しておこうか。一緒に酒を飲み、それから……ベッドをともにする。あんなキスをするくらいだから、おそらく最高の夜になるだろう。そして……明日は起きたらすぐ、わが社がフィジーで準備している会議に向けて発《た》つ。ミス・チャッツフィールドとのお楽しみはそこで終わりだ。

首の後ろが痛くなり、そっと肩をまわすと、ぽきっと音が鳴った。カーラと話しているバーテンダーは彼女と同じくらいの年だ。きっと同じ幼児番組を見て育ったに違いない。

幼児番組だって？

そんなことばかり考えていたらポーカーに勝てないぞ、ケリー。エイダンは自分に言い聞かせ、テーブルの向こうに目を向けた。自分が置いたチップの山をエラリーがまっすぐに直している。これこそが、あの男こそが、ここに来た目的じゃないか。さらに言うなら、この男を破滅させることが。死の床にあった父と約束したのだ。僕は常に約束を守る。父が実際にはその約束の履行を求めなかったことが、エラリーのぺてんにいかに深いダメージを受けたかのあかしだ。本来なら父は自分でやつを追い、破滅させるべきだった。なのに、果たせないまま人生から降りた。

くそっ。

エイダンが短い髪をかき上げると、首の後ろをひと筋の汗が伝い落ちた。部屋の向こうから女性の笑い声が聞こえてくる。ハスキーでセクシーな声。カーラだ。エイダンは首の後ろをつかんだ手を拳に握った。シルクのような肌のなめらかさと、完璧なまでに彼に密着したしなやかさを体が思い出す。彼女とのキスが極上の味だったことも。

「ミスター・ケリー？」胴元補佐《クルピエ》の声がエイダンの注意をカードに引き戻した。「あなたの賭け《ベット》です」

非情な心で何ものも寄せつけぬ集中力を取り戻し、エイダンは深呼吸をして、カーラ・チャッツフィールドとその他の人々を頭から締め出した。

五時間の勝負ののち、すでにこのラウンドを降りていた韓国人の家具業界の大物がテーブルを去り、エイダンはそろそろとどめを刺す頃合いだと思った。

寝不足の影響が徐々に感じられるようにもなっている。こんなことより、もっと楽しいことのためにエネルギーを温存しておくほうがいい。

「全額賭ける《オールイン》」エイダンがテーブルの真ん中にチップの山を押し出すと、まわりにできていた小さな人だかりからため息がもれた。

マーティン・エラリーは少し興奮したまなざしでエイダンを見やった。先ほど追加のチップを買う担保として愚かにも自分の会社を使い、その努力の成果がほとんど得られなかった男としては、ごく当然の反応だ。

エラリーの上唇がごくわずかにゆがんだが、それが恐れから来たものか怒りからなのか、エイダンにはわからなかった。エラリーに優しくしてあげてと言ったカーラの言葉がよみがえったが、その声を頑として追い払う。この件に彼女は何ひとつ関係ない。そう、何ひとつ。

好奇心をあおられてどんどん増えている見物人にエラリーが文句を言うあいだ、時間は刻々と過ぎていった。

「早くしろ、エラリー」エイダンは噛《か》みつくように言った。「乗るか《コール》降りるか《フォールド》」

エラリーは見下すようにエイダンに目を向け、残りのチップを押し出した。「賭け金をつり上げる《レイズ》」

エイダンは鼻を鳴らし、相手のわずかなチップをぞんざいに見やった。「ゲームを続けたいなら、もっと賭け金がないとな、じいさん。あんたはすでに事業を賭けた。牧場と社用ジェット機を。賭け金をつり上げるのに別な切り札を用意しているのか？」

いよいよ長年待ちわびたことが実現する。マーティン・エラリーは絶体絶命だ。エイダンはにやりとして、物憂げなまなざしを年配の男に注いだ。

「どうした、エラリー。ほかに何かあるのか？」

エラリーが一瞬バーのほうへ目を泳がせたかと思

うと、彼の顔にいまの状況ではありえない取り澄ました表情が浮かんだ。「あるとも、ケリー。おまえが求めているとわかっているものがな」エラリーの視線がまっすぐカーラ・チャッツフィールドに向けられた。彼女も向こうから二人のことを見ており、真っ白な歯で下唇を噛んでいる。「彼女だ」

エイダンは眉根を寄せて尋ねた。「いったいなんの話だ？」

「カーラ・チャッツフィールドとの一夜——それがわしの切り札だ」

不吉にも、夕方からの出来事がエイダンの頭の中で射撃練習場の鴨《かも》よろしく一列にずらりと並んだ。チャッツフィールドのお嬢さまは空港で僕にぶつかり、リムジンを強奪した挙げ句、エラリーに優しくしてやれと言った。そして、あのキス。あれは僕の目をそらすためだったのか？

もう一度ちらりとバーに目をやると、カーラはまだこっちを見ていた。目を見開き、彼女の呼吸が急に浅くなったのが遠目にもわかる。まるで、このあとの成り行きを期待しているかのようだ。

彼女の勝ちだ。エイダンは不快な気分で認めた。カーラはこうなることを知っていたに違いない。

胃のよじれるような思いとともに〝愚か者〟という言葉が頭に飛びこんできた。そうさ、あのキスは僕を混乱させようという魂胆にほかならず、その目的はほとんど達せられた。

エイダンの全身を怒りが駆け抜けた。

〝あとで会おう。ゲームが終わってから〟がつがつした間抜けのように僕は言った。

〝いいわ〟カーラは待ちかねたようにささやいた。

ふざけた話だ。

エイダンは平静を保とうとしたが、内心の怒りは彼の筋肉をこわばらせた。なぜ、もっと早く気づかなかったんだ？

カーラを見るたび、セックスのことから気持ちをそらせなかったから——それが理由だ。

エイダンはうんざりしつつもおもしろがるように眉を上げ、あえて軽薄な笑い声をあげた。「正気なのか？」語尾を引き延ばしてゆっくりと言い、エラリーに全神経を集中する。「僕の賭け金に女性で応じることはできないはずだ」

「ここのルールでは、おまえはわしが賭けの代償として差し出したものを受け入れなければならないんだよ、若造」エラリーはつけ上がって自信満々に言い放った。

「妥当であればどんな賭けでも受けて立つが、おまえの申し出はばかげている。ほかのものにしろ」エイダンの声は一語ごとに険を帯びた。「さもなければ潔く負けを認め、今夜おまえに寝床のソファを提供する友人がいることを祈るんだな」

静まり返った部屋の中で、老人がそわそわと体を動かした。額に玉のような汗が浮いている。バーから聞こえるざわめきがエイダンの意識に染みこんだ。

「おまえは負けたんだ、エラリー」彼は低い声で言った。「認めろよ」勝利の瞬間を味わえるのはもうすぐだ。なのに、どうしてこんなに緊張するんだ？ 勝利の瞬間は、僕の心から耐えられない重荷を取り除いてくれるんじゃなかったのか？ 気が楽になり、幸せを実感できるのでは？

何を誤解したのか、カーラ・チャッツフィールドがゆっくり近づいてきた。美しい顔に無垢《むく》な気遣いを仮面のように張りつけて。彼女は愛人が自分を賭けたことを知らないのだろうか。これは彼らがバルコニーで画策したことじゃないのか？

そのとき、エイダンははっと思い当たった。さっきカーラとエラリーに近づいたとき、彼女の顔に見えたのは安堵ではなく、恐れだ。彼らの関係が露見しかかったことへの恐れだったのだ。

「気が変わった」気づいたときにはエイダンは口走っていた。「おまえの賭けを受けて立とう」

そして、カーラをものにする。彼女は僕とすれ違った日のことを、今後ずっと後悔するだろう。心から。


テーブルに近づくなり、カーラは何かがおかしいと気づいた。

外から戻って以降、テーブルには近づいていない。エイダン・ケリーのキスで頭がいっぱいだった。彼の熱さ、引き締まった男らしい体、吸いこまれてしまいそうなほど強いまなざし。

自分がうめき声をあげたこと、張りつめた彼の体が腹部に当たっていたことを思い出す。めまいがするほどの興奮を覚えた。危険信号と高鳴る胸の鼓動が彼以外のすべてを押し流した。分別も含めて！

でも、本当にあとでエイダンと会うことなんてできる？　初めて会った人とベッドをともにすることが？　私が車を借りた初対面の人と……。

あるいは、これは運命なのかもしれない。

そうでなければ彼の腕に強く抱かれたときに覚えた〝正しさ〟に説明がつかなかった。エイダンの顔に見え、私の顔にも映っていたに違いない渇望は、運命とでも言わなければ説明がつかない。

でも、それならなぜ彼は私を見ないの？

冷たい指先がゆっくりと背筋を伝い下りた。何かが間違っている。それも、どうしようもなく。

カーラはマーティン・エラリーの蒼白《そうはく》な顔と、エイダン・ケリーの戦士のような表情に目を留めた。隣にいる女性が震える息を吐き、同情するようにカーラを見やる。

カーラは事情がのみこめぬままその女性に笑いかけた。「どうしたの？」小声で問う。「二人は何を賭けたの？」

女性は眉を上げ、声を震わせて笑った。「あなたよ」

カーラはすばやくエイダンを見た。とてつもなく険しく、なじるような顔だ。まるで私のせいみたい。

「本当なの？」カーラは女性にささやいた。

「間違いないわ。年配の男性が言いだしたのよ」

エラリーが？

カーラは喉をごくりとさせ、みぞおちのあたりで吐き気が凝縮するのを感じた。「それで……もうひとりの男性は承諾したの？」

「たったいま」

ああ、なんてこと。どうして？　なぜエイダンは承諾したの？　それに、そんな突拍子もないことを提案するなんて、エラリーの頭はどうかしている。

私はどうすればこの状況から抜け出せるの？　父が諦めきった失望の面持ちでかぶりを振る姿が目に浮かぶ。こんな騒動が明るみに出れば、父は私がわざとやったと思うだろう。私のアイデアだとすら思いかねない！　おもしろがっているのだと……。

いまにも爆発しそうな状況から抜け出す方法が皆目わからず、カーラは何も言えなかった。

そんな態度が、マーティン・エラリーには勝利の雄叫《おたけ》びをあげる合図と映ったのだろう。「彼女も乗ったぞ！」

部屋じゅうの目という目が期待を込めて振り返り、カーラはその場に凍りついた。いったいなんて言えばいいの？　たぶん、エラリーが言っているのはディナーのことよね。ホームレスのために募金をするチャリティ・オークションのたぐいに違いないわ。

「決まりだ！」マーティン・エラリーは攻撃的なところを見せようとして、テーブルをこつんとたたいた。「おまえの役を見せろ、ケリー」

エイダン・ケリーが低いうなり声とともにカードをテーブルに広げた。カーラの背筋に不安から来る震えが走る。

　エイダンのあまりに厳しい表情に、カーラのうなじの毛が逆立った。ここにいるのは、さっきのキスの相手ではない。私が地上にいる唯一の女性であるかのように見つめた人ではない。

　エイダンが勝ったらどうしよう。そのとき、もっと悪いことが頭に浮かんだ。マーティン・エラリーが勝ったらどうするの？

　ああ、神さま……。

「ミスター・ケリーはストレートフラッシュです」クルピエが落ち着き払った口調で言った。「ミスター・エラリー、カードをお見せください」

　クルピエがカードを回収して並べ替えたとき、カーラはエラリーが青ざめているのがわかった。ほとんど呆然《ぼうぜん》としている。

　人々の好奇に満ちた視線を感じ、鈍い興奮で彼女の頬は熱くなった。

　クルピエがエラリーのカードを一列に並べ替えると、ふくれあがった野次馬の群れからうめき声があがった。キングが四枚……。つまり、エラリーは買ったの？　負けたの？

「ミスター・エラリーは……」クルピエが言葉を切るや、カーラはドラムロールが聞こえてくる気がした。「キングのフォーカードです。ミスター・ケリーが勝ちました」

　ミスター・ケリーの勝ち？

　クルピエの言葉が意識に染みこむまでに数秒の間があり、ようやくその意味を理解すると、カーラの目はほんの数時間前に深夜の逢瀬《おうせ》を承諾した男性に釘《くぎ》づけになった。エイダンの表情は硬く、心なしか頬が削《そ》げたようで、熱い炎を燃やすブルーの瞳でじっと彼女を見つめていた。

　その表情にカーラは困惑した。

　まるで私が世界レベルのへまをしでかしたと言って

ているみたい。裏切り者だと。

〝どうか答えてくれ、ミス・チャッツフィールド。きみは評判どおりセクシーさを売り物にする娘なのか？　それとも、華やかな外見の下はまったくの別物か？〟

すっくと立ち上がったエイダンは長身で、周囲を圧する雰囲気があった。彼は険しい目で蔑むようにテーブルを一瞥《いちべつ》した。

「あんたの会社を大事にするんだな、エラリー。そして、汚れた金を」

エラリーはまじまじとエイダンを見た。「取り上げないでくれるのか……何もかもは」

エイダンの唇が弧を描いた。まっすぐに視線を向けられ、カーラは青い瞳に突き刺されたような気がした。

「彼女以外はな」

5

エイダンは腹が立ってならなかった。苦々しさが蒸気機関車のように全身を駆け巡っている。苦々しさだけでない。自分では認めたくない深い疑念もあった。なぜエラリーにすべてを投げ返したんだ？　どうして復讐《ふくしゅう》もせずに立ち去った？

わからない。だが、傍らの女性に心が揺れたことはわかっていた。彼女のキスに、悪意のない表情に、彼女の嘘《うそ》に。

そして、いまから彼女はその代償を払う。いや、体によってではない。もはやそんなものは欲しくなかった。そう、僕を受け入れる別のレッスンを授けてやる。

呪縛にかかったような人々の視線にさらされて、マホガニールームを横切るカーラがよろけ、エイダンはとっさに彼女の肘をつかんだ。

「にっこり笑って歩きつづけるんだ」カーラにだけ聞こえる低い声で言う。「さもないと礼儀も何も忘れてきみを手近な壁に押さえつけ、スカートをめくり上げるぞ」

カーラの顔から血の気が失《う》せたが、気にするなとエイダンは自分に言い聞かせた。彼女は紳士的な態度や気遣いを受けるに値しない。

そのあとは無言で彼女をエレベーターに引っ張りこみ、制御盤《コンソール》にカードキーをかざしてプレジデンシャル・スイートに向かった。

カーラが懇願するように手を組み合わせているのを無視して部屋に引き入れ、エイダンは背後のドアを蹴って閉めた。

「ミスター・ケリー、お願いだから――」

「エイダンだよ、かわいい人《ドール・フェイス》。そしてきみの運がよければ、ああ、そうさ、きみを喜ばせてやる」

カーラはシルクの絨《じゆう》毯《たん》を敷いた部屋の真ん中でためらった。「ちょっとお話が――」

「話など聞きたくない」エイダンは刺々《とげとげ》しい口調で遮った。「服を脱ぐんだ。ゆっくりと」にやりとして続ける。「一瞬一瞬を楽しみたいからな」

彼はキングサイズのソファにゆったりと座り、背もたれに沿って両手を伸ばしつつカーラを凝視した。

「ストッキングとハイヒールはそのままだ」

彼女の足もとがふらついたように見えた。「まさか本気じゃないわよね」

「本気だとも。きみがそのハイヒール以外何も身につけずにダイニングルームでかがむ姿をずっと想像していた。それが現実になるのが待ちきれないよ」

故意に放った粗野な言葉のあとに重苦しい静けさが満ち、エイダンは彼女がどう出るか見守った。ど

こまでこちらの要求に従うつもりだったのかを。男
こんな冷たい目をした行きずりの人と、なぜ会う約束なんかしたの？　カーラはバルコニーでの熱く激しいキスを遠い記憶のようにぼんやりと思った。

口の中が乾き、頭は真っ白だったが、なんとか動悸《どうき》をしずめて考えを巡らせた。彼が本気で言っているはずはない。でも……硬い表情には慈悲のかけらもない。カーラは首を横に振った。「そんなことできないわ」かすれた声で答え、喉をごくりとさせる。

「まずは飲み物が必要か？」エイダンは気遣いを示すかのようにふざけて眉を上げた。

「私は承諾した覚えはないわ……セックスなんて」

「きみはポーカーで賭けの対象になった。それを単に夕食をともにすることだとでも考えたのか？　お上品な会話を交わすだけだと？」

「あなたが怒るのはわかるわ。でも――」

「僕は怒ってなんかいない。興奮しているんだ。男がポーカーに勝って女性を手に入れるなんて、そうそうあることじゃないからな」

「あんなの真剣勝負じゃないわ」

まずいことを言ったと、カーラはすぐに悔やんだ。エイダンが身を乗り出してくるのを見て、震える足であとずさる。

「いいか、お嬢さん。あの賭けには多くのものがかかっていたんだ。僕はマーティン・エラリーの運命を手中に収めていた」エイダンは手の甲をもう一方の手で強くたたき、吠《ほ》えるように言った。「この手の中に。エラリーは破産寸前だった。きみがその邪魔をした。あいつが勝つ可能性をつくってね。もしもあいつが勝っていたら……」

一瞬にして空気が威嚇とは異なる別の何かに変わり、カーラの視線は彼の目に吸い寄せられた。あれは……苦痛？「なぜミスター・エラリーのことに

なると、あなたはそんなに取り乱すの?」そっと尋ねる。「彼はあなたに何をしたの?」

「何も知らないと言わんばかりだな」

カーラは首を左右に振った。「知らないわ」

エイダンはゆっくりとソファから立ち上がり、彼女に近づいた。「大したもんだ。素直に認めるよ。きみがバルコニーで言ったことを僕はすべて信じてしまったからな」

カーラは緊張して後ろに下がった。「嘘《うそ》はついていないわ」

エイダンは彼女の言葉など聞こえなかったかのように詰め寄った。「エラリーをそそのかしたのはきみではなく、悪いのはあいつだと思っていた。ところが、リムジンのことがある。バルコニーでのことも。そして、あの賭け……」彼は荒々しい笑い声をあげた。「いいことを教えてやろう。しばらくはすっかりきみにだまされていたよ」

「リムジンのこと、やっぱり知っていたのね」カーラはひるんだ。「そうじゃないかと思っていたわ」

「なのに、きみは僕に打ち明けようとはしなかった。盗んだことを謝るつもりも」

「盗んだんじゃないわ。借りたのよ」

エイダンはカーラの前のテーブルに寄りかかり、腕を組んで考えこむ表情を浮かべた。「借りた?」

その緊張を解いたかに見える態度にカーラはだまされなかった。ひとことでも間違ったことを言えば、即座にやりこめられそうだ。「私のしたことは間違っていたわ。それは認める。あのときは雨が降っていて、約束の時間に遅れそうで……本当にごめんなさい。普段はあんなことしないんだけれど、疲れてストレスがたまっていて……」カーラがさらに言葉を探していると、エイダンはうんざりした顔になった。「私は――」

「自分勝手だった?」彼がカーラのしどろもどろの

謝罪に口を挟んだ。「わがままだった？　それとも、甘やかされたと言ったほうがいいのかな？」

「そんなに知りたいなら教えてあげる。あなたに腹を立てていたのよ」カーラは敢然と言い放った。

「ついに本音が出たな」

カーラは深呼吸をした。そもそも、この男性と言い争ったってどうにもならない。「ミスター・ケリ――」

「よせよ、ベイビー。バルコニーではあんなに僕を見つめておきながら」

「見つめてなんかいないわ」

エイダンはせせら笑った。「見つめたばかりか、僕のキスを求めてそのかわいい唇を開いた」

「私はそんな……求めてなどいない」

エイダンはテーブルを離れ、ゆっくりとカーラに近づいた。「いや、求めていたよ。キスとそれ以上のことを。そして、またそうなる」

彼がさらに足を踏み出すと、カーラはなすすべもなく後ろのひとり掛けソファに背中から倒れこんだ。

「きみが愛人に与えたすべてと、それ以上のものを僕に与えるんだ」

気が動転したときの癖で下唇が震えだし、カーラは歯で押さえこんだ。強く。「彼は……愛人じゃないわ」

エイダンは身を乗り出し、ソファの肘掛けに両手をついてカーラを封じこめた。「きみはゲームがうまいね、ドール・フェイス。エラリーは今夜、きみをテーブルにつかせるべきだったんだ。そのほうがうまくいったかもしれない。だが、おふざけはここまでだ。もう嘘はつくな」

カーラはクッションに背中を圧迫されるのを感じた。「嘘なんかついていないわ。あなたがなんの話をしているのかわからない。彼とデートはしていないってバルコニーで言ったでしょう」

「その大きくて無垢《むく》な目が好きなんだ」エイダンはくだけた口調で言い、カーラの顔をじろじろとぶしつけに見た。「なかなかいい」

カーラは膝の上でこすり合わせている手を彼がちらりと見たのに気づき、動きを止めた。

「その手もすてきだ」

エイダンの視線は彼女の脚まで下りたあと、また上に戻った。驚いたことに彼のまなざしには警告が込められていて、カーラは二人のあいだの空気が怒りとはまた違ったものに変化したのを感じた。

「私は今日、二つの過ちを犯したわ」彼女は訴えるように切りだした。「ロサンゼルスなんて行くべきじゃなかった。いまはそれがよくわかるわ。たとえエージェントにお礼を言うためだったとしても。なんだか私にしては事がうまく運びすぎる気がしていたの。何かが起きるに違いないって。それでやっちゃったのよ。つまり、いつも物事がまずいほうへ行ってしまうの。もちろん私だって飛行機が遅れるとは思わなかったわ。でも――」

「いったいなんの話だ？」エイダンは面食らって遮った。

「私の話よ」最後まで残っていた自制心が砕け散り、カーラは目尻に涙がたまるのを感じた。「私はお騒がせ屋なの」涙があふれ出し、両手に顔をうずめる。「いつだって悪いことが、お、起こって……わかっているわ……私のせいなの。私の……」

美しい娘が涙にくれる姿を、エイダンは唖然《あぜん》として見ていた。彼女が何を言っているのか理解しようとしたが、無理だった。だが、それが思案のきっかけになった。もしかしたら僕は間違っていたのだろうか？　彼女も今夜、エラリーの陰謀の餌食になったのかもしれない。十四年前のうちの家族と同様に。

そんなことがあるか？

まったく。

カーラの頬を滑る涙と、彼女がなんとかそれを抑えこもうとしているのを見るうち、彼女を賭けると言われたときから心を取り囲んでいた堅固な壁がぼろぼろと崩れはじめた。

泣かせるつもりはなかった。正直に言うなら、彼女が我と我が身を捧《ささ》げてくれることを期待していた。彼女が服を脱ぎはじめるのを。そして半分まで脱ぎかけたところでやれやれと首を振り、嫌悪すべき女だという目で彼女を見て、たたき出すつもりだった。

それに、そう、同時に彼女を怖がらせるつもりだった。ほんの少し怖がらせれば、もうこんなばかげたまねはしなくなるだろう。こんな危なっかしい状況に身を置くようなまねは。

エイダンはカーラが飛び上がるようにソファから立ったのを見て、反射的に手を伸ばした。肩をつかむと、カーラは身を硬くして逃れようとしたが、彼は放さなかった。そして、自分でも夢にも思わなかったことをした。ソファに座り、彼女を膝の上に引き寄せたのだ。

「しいっ、カーラ。大丈夫だ。怖がらなくていい」エイダンは彼女の背中を撫《な》でた。「きみを傷つけはしない。力を抜いて」

カーラの緊張は徐々にほぐれていった。やがてすすり泣きがおさまり、彼女はエイダンの腕の中でさらに小さく体を丸めて彼を見上げた。

「あなたの言うとおりよ」カーラは鼻をすすり、涙を拭いた。

エイダンは傍らのローテーブルにあったティッシュの箱に手を伸ばし、一枚引き抜いた。「鼻をかんで」

カーラはティッシュを受け取り、汚れた顔を直そうとした。目は少し充血し、腫れている。うまく泣いてみせる女性でないのは明らかだ。

「私、バルコニーであなたを見つめたわ。そしてあなたに……キスをしてほしいと思った」

やめてくれ。腕の中のきみがとても温かくしなやかだったのを思い出させるつもりか？　きみのヒップが僕の脚のあいだに心地よくすっぽりおさまっていたことを？

そのときのことを意識したとたん、エイダンの体が反応した。カーラも気づいたに違いない。じっと動かなくなったからだ。そしてあの牝鹿《めじか》のようなグリーンの目が彼の唇に留まった。

エイダンは声を出さずに毒づき、血管の中で躍りだした血をしずめようとした。

下心があって彼女を膝に抱き上げたわけではない。断じて……。「カーラ、き、きみは……」今度はエイダンがしどろもどろになった。

「私……が何？」

ああ、もうどうにでもなれ。こんな夜は犬に食われてしまえ。カーラが欲しい。こんなふうに見つめられたらなおさらだ。まるで彼女も僕を求めているように……。エイダンは片手を上げて彼女の頭をそっとつかみ、同時に頭を下げて唇を重ねた。唇が触れ合うと、欲望と激しい切迫感が彼の全身を駆け巡り、シルクのような髪にうずもれた手に力がこもった。

「口を開いて、カーラ」エイダンが急《せ》かすと、彼女は鼻を鳴らして求めに応じた。

エイダンはうめき声をあげ、空いているほうの手をカーラのウエストにまわして、しっかりと引き寄せた。コーヒーとブラックチョコレートと彼女自身の甘い味がした。カーラが両手で彼の肩を探り当ててしがみつき、体を弓なりに反らす。

もっとカーラに触れたいという欲求が血液に乗って全身を巡り、エイダンは腕に抱いた彼女をのけぞらせて張りつめた胸を手のひらで包んだ。

　カーラはうめくようにエイダンの名を呼び、彼の腕の中で身をよじった。エイダンがもう一方の手を彼女の肩へ下ろし、ドレスの上部を引っ張る。レースのようなピーチカラーのブラジャーの中で、胸の先端はすでにふくらみ、期待に張りつめていた。エイダンは両の胸を持ち上げ、親指で頂をなぞった。カーラがあえぎ、彼がレース越しに両方の胸をかわるがわる貪ると、さらに大きな声をあげる。

　彼女の味に我を忘れたエイダンはブラジャーを片寄せ、硬くなった胸の頂を深く吸いこんだ。そしてスカートをウエストまで押し上げようとした刹那、エラリーの声が頭の中で響いた。

〝いいぞ、若造。わしよりずっとやるじゃないか〟

　エイダンは一瞬目を閉じ、ソファの背もたれに頭を押しつけた。「やめだ」頭をはっきりさせようと首を左右に振る。「カーラ、やめるんだ」

「えっ？」彼女はエイダンを見た。唇が腫れ、目の焦点が合っていない。

　エイダンは毒づき、カーラの体を持ち上げて自分から離し、おもむろに立ち上がった。彼女をソファの端に残したまま、室内にある小さなバーに向かう。

　六個そろいのタンブラーを置いた銀のトレイにクリスタルのデカンターがのっていた。ざわつく神経をなだめ、頭をしっかり働かせてくれるものが必要だったので、蓋を引き抜いて適量をついだ。

「エイダン？」

　彼はグラスを持ち上げ、中身を喉に流しこんだ。それが胃に届いてかっと燃え上がるまで二秒待ち、すぐにもう一杯つぐ。

　バーの後ろにある卵形の鏡に目をやると、カーラが立ち上がるのが目に入った。ありがたいことに、ドレスの上端は元の位置まで引き上げられている。彼女の顔と胸の上部は欲望に赤く染まり、短い髪はエイダンが指で梳《す》いたせいで乱れていた。

くそっ、なんてきれいなんだ。

カーラが腫れた唇を恐る恐る固く閉じる。罪悪感に似た何かがエイダンの心に渦巻いた。あそこまでするつもりはなかった。だが、してしまった。

「もう行ったほうがいい」

カーラの頬がばつの悪さにぱっと赤らみ、視線が彼の背中を這《は》い上《あ》がるのが見えた。鏡越しに見られていると気づいて彼女の下唇が震えだす。

「でも、私は……」

エイダンはクリスタルのタンブラーを音高く木のカウンターに置いた。「いいか、人はいくら急いでいるからといって他人の車を奪いはしない。高額な賭け金のポーカーで自分を賭けの対象にさせたりもしないし、見ず知らずの男の部屋にも来ない……。泣くな」カーラの顔に新たな涙がこぼれるのを見て、彼は怒鳴った。いい加減にしてくれ。とはいえ、彼女の涙はエイダンの何かを引き裂いた。

何も考えず、エイダンは彼女に向かって歩きはじめた。すると、カーラは脚を開いて立ち、彼を制するかのように両手を前に突き出した。険しい表情を浮かべたカーラはいじらしいほどか弱く見える。

「それ以上、近づかないで」

「そんなつもりはない」エイダンは低い声で言った。「ドアはきみの後ろにある。そこから出るがいい」

「ええ、そうするわ」

鈍い音でドアが閉まったあと、部屋の中は不快なほどに静まり返った。

エイダンは窓辺に移動し、板ガラス越しに外を眺めた。

ラスヴェガス大通りがまばゆいおもちゃのように誘いかけている。色とりどりのきらめきは男を破滅へ導く。

男の心にわずかでも隙があれば。

6

いつもなら、カーラは早起きが嫌いだった。ことに睡眠わずか二時間で、そのほとんどを泣いて過ごしたとあれば、なおさら。

人生最悪の夜になぜ最高の瞬間が含まれているのか、カーラはいまでもわからなかった。というより、あんなにも嫌われている男性に、どうしてあれほど……興奮させられたのだろう。

激しい欲望。

彼が欲しくてたまらなかった。

私が感じているのと同じようにエイダン・ケリーも私を求めていると思うなんて、頭が完全におかしくなっていた証拠だ。

エイダンが抱きしめてくれたのは、私が涙にくれて、彼への警戒心を解いたからだ。あんなに冷淡だった彼がすぐに優しくなった。

エイダンの手と唇の感触がよみがえり、カーラは目を閉じて低くうめいた。いままであんなキスをされたことは一度もない。キスをされてあれほど感じたこともなかった。まるで、体が言うことを聞かなくなったかのようだった。体だけでなく、心も。

でも、私がマーティン・エラリーの愛人ではないと、エイダンは本当に信じてくれたかしら？　そう信じてもらうことがとても大事だという気がする。なぜかはわからない。結局、彼とはもう二度と会わないのだから。

ああ、もう最悪の気分だわ。体がエイダンに反応したことへのとまどい。彼に手ひどく拒絶された屈辱。私を押しのけたあと、何事もなかったかのようにバーに向かった彼。鏡の中で出合った冷たい目。

エイダンは私と向き合って話すために振り返る手間さえとらなかった……。

ふと、ベッドへ倒れこんだときに携帯電話を切っておいたことを思い出し、カーラは電源を入れた。メールの受信箱に九通のメッセージが次々と入ってくる。クリストスから三通。別な三通はシーラこと姉のルシーラから。友人のルーシーから一通。そしてエージェントから二通。

いやな予感で急に肌がじっとりとし、カーラは山ほど不安を抱え、まずクリストスからの一通目を開いた。

送信者　クリストス・ヤトラコス
宛先　カーラ・チャッツフィールド
件名　至急！
〝電話ください〟

まあね、こんなの私にはなんの意味もない。カーラは次のメッセージをクリックした。

送信者　クリストス・ヤトラコス
宛先　カーラ・チャッツフィールド
件名　至急！
〝ただちに〟

語彙の乏しい人ね。

カーラは次に姉からのメールを開いた。

〝昨日の今日だから落ちこんでないといいけれど。電話してね。XX《キス・キス》〟

エイダンのキスのことは話していないはずだけど。でも、話していたのなら好都合だわ。だって、私はまだ全然大丈夫じゃないもの。

謎めいた姉のメッセージはポーカーのことをほのめかしているのかしら？　心配になって、カーラはインターネットに接続して自分の名前を検索した。

そして記事を目にした彼女は、頭を枕に突っこみたくなった。空気を吸うためだろうと二度と出てきたくない。

〝カーラ・チャッツフィールド、やりたい放題〟

〝カーラ・チャッツフィールド、三角関係〟

〝チャッツフィールド家のはねっ返り、エイダン・ケリーの賭けの対象に〟

はあ、やってくれるわね、まったく。

カーラが携帯電話をベッドにほうり投げようとしたとき、画面にエージェントの名前が点滅した。

だが、カーラは出なかった。自分に腹が立ってならなかった。一年前にあのロックビデオに出てからというもの、行いを改めなければ二度とまともな仕事は来ないわよ、とハリエットに繰り返し警告されてきた。なのに、このていたらく。

カーラはメッセージをクリックし、それを読んで胃の中にセメントの塊が落ちてきた気がした。

送信者　ハリエット・ハーランド
宛先　カーラ・チャッツフィールド
件名　どうなってるの？

〝〈デマルシェ〉はかんかん。契約無効ですって。まずいわ。電話して〟

一瞬、頭の中が真っ白になった。

まるで噛《か》みつかれでもしたように、カーラは今度こそ携帯電話をベッドにほうり投げた。呆然《ぼうぜん》とする。〈デマルシェ〉の仕事を勝ち取ったのはとてつもない快挙だったのに、またたく間に水の泡となってしまった。喉から手が出るほど欲しかった仕事だった。

カーラは容姿と名前を生かして当たり前のようにモデルの世界に足を踏み入れた。人からちやほやされて、きれいだと言われるのが楽しかった。人里離れた領主館《マナーハウス》と寄宿学校を行き来してきた子供時代とは大違いだった。

それから徐々にモデルとしての技巧を意識するようになり、最高の照明の中で自分の着る服をいかに見せるかを学んだ。ファッションに情熱を注ぎ、身につけることで作品に参加できる喜びを知った。

けれど、〈デマルシェ〉が差し出してくれたのはそれ以上のものだった。単なる専属モデルではなく、企業の広報としての役割を提示されたのだ。ブランドを代表する女性として。〈デマルシェ〉はカーラに信頼と、いま以上に大きくなる機会を与えてくれた。帰属すべき場所を。

なのに、〈デマルシェ〉はもう何も差し出してはくれない。すべて自分の責任だった。

また涙がこみ上げ、カーラは決然と目もとをぬぐった。落ちこんでいる場合じゃない。しっかりするのよ……で、どうする？

尻尾を巻いて逃げ帰る？

フラットに戻って、友人に話を聞いてもらう？

でも、昨夜のことは話したくない。きっと誰にも理解してもらえないだろう。

ルシーラならわかってくれるかもしれないけれど、姉はいま自分の問題で手いっぱいだ。兄たちも同じ。それに兄のアントニオから、自分の行動に責任を持てと、いつものお説教をされたくなかった。そんなことは百も承知だ。

たぶんまたマスコミが不眠不休で張りつき、私を無慈悲に責めたてるだろう。イギリスではそれが彼らの得意技だった。いまのところ、アメリカのパパラッチはそこまでひどくないようだけれど。

そうよ、イギリスへ戻るなんて屈辱的だし、仕事を首になるという選択肢もない。

ここにとどまることも。

はっきり言って、もうヴェガスなんて大嫌い。

ベッドから体を引っ張り出すようにしてシャワー室へ向かいながら、カーラは思った。エイダン・ケリーは昨夜取り囲んでいた人たちの注目をどう考えているのだろうと。彼女が見た写真には、彼が〈マホガニールーム〉から彼女を引きずっていくところが写っていた。携帯電話のテクノロジーが恨めしい。

エイダンだってあの写真は気に入らないだろう。きっといまごろ、早急に私とは距離をおくとコメントしているはずだ。父がいつもそうしているように。

カーラはまた泣きそうになって震えだした唇を噛み、昨夜はチョコレートの代わりにシャンパンのミニボトルを空にすればよかったと思った。そうすれば、こんなにはっきりすべてを覚えていなかったはずだ。もっとぐっすり眠れたかもしれない。

ニューメキシコにあるヒッピーアーティストのコロニーに身を隠し、最近はまっているアステカ族のアクセサリーづくりを習うなんてどう？

たぶん新聞は、私が社会復帰を目指してリハビリ中だと報じるだけだろう。だいたい、なぜそんなことを気にするの？　そう、ひとつには、持って生まれた名前ゆえに苦労のない人生を送っていると世間に思われることにうんざりしているから。一族の不良娘とレッテルを貼られることにもうんざりだった。不良息子として名高い双子の兄たち――オルシーノとルッカはなぜか一目置かれているのに。

不公平な話だ。

シーラなら〝気にしすぎるのはやめなさい〟と言うだろうけれど、どうしようもない。だって、ほかにどんな方法があるかわからないんだもの。

二進《にっち》も三進《さっち》もいかなくなり、自己憐憫《じこれんびん》に陥っているのを感じて、カーラは空港に行こうと決めた。空港へ行って、行き先表示板を見て、どこから行くにもいちばん遠い土地を選ぶのだ。

急いでハリエットにメールを打ち、二、三日泊めてもらえないかときいてみた。ハリエットはすぐに〝ＯＫ〟と返事をくれたのに、なぜかカーラはほっとした気分になれなかった。

昨夜エイダンにキスをされ、触れられた話をハリエットにするわけにはいかない。あるいは、自分を好きになってもくれない男性に触れられたいと、いまも強く願っている話は。そんなの、みじめすぎる。

それに、父は私にはなんの価値もないと思うかもしれないけれど、私は心の奥でそんなことはないと知っている。ほんの少し……とまどいを感じているだけ。まるで自分がどこにも属していないような。

それ以上ネガティブな考えにとらわれたくなくて、カーラは緩いリネンのパンツとノースリーブのトップを引っ張り出した。ジャクリーン・オナシスばりの大きなサングラスをかければ寝不足と泣きすぎで悲惨な状態の目を隠せるし、野球帽をかぶれば髪の大部分が覆われて人に気づかれずにすむ。

カーラはスーツケースを閉じ、フロントに電話をかけた。

もしもそれほど睡眠不足ではなく、自分の問題で頭がいっぱいでなければ、ホテルを一歩出たとたんに押し寄せてくるパパラッチに対してもっと毅然《きぜん》と対処できたに違いない。

結局、心構えの甘さがたたってまたたく間に見つかり、気づいたときにはガラスの壁に背中をぴったり押しつけていた。帽子とサングラスが床に落ち、カーラは急いで身をかがめた。早く拾って詮索好きなカメラのレンズから目を隠さなくては。

カーラはサングラスをかけ直して体を起こし、恥ずかしくて身を縮めているのではないことを示そうと試みた。けれど実際はそのとおりだったし、押し寄せるリポーターの群れに完全包囲され、矢継ぎ早の質問がカーラの頭上を飛び交った。

父の仕事を引き継いだ日に自ら定めて以来、エイダンは早起きの習慣が身についていた。

普段はジムでトレーニングに励むか、家の近くにある王立植物園のまわりを走ることから一日が始まる。それから家に戻って家政婦が用意したエスプレッソを飲み、運転手つきの車で仕事に行く。

急いでいるときは、車中で電話をかけたり、パソコンを操作したり、会議をしたりすることもある。リムジンでセックスをしたことさえある。どうにも時間がなくて、恋人に頼みこまれたからだ。

いまそれを思い出しても、さして楽しい経験とは思えなかった。昨夜とは違って。

カーラ・チャッツフィールドは僕の頭の中でいったい何をしているのだろう。

エイダンの仏頂面がしかめっ面に変わった。彼女は治ることのない腫れ物のようなものだった。痛みに悩まされ、触れるべきではないと何度自分に言い聞かせたことか。

昨夜は病的なまでに復讐心《ふくしゅうしん》に取りつかれていた。現実が見えず、いまもそれが明瞭に見えているとは言いがたい。昨夜わかったのは、エラリーを打ち負かそうが、カーラに八つ当たりしようが、過去の問題が消滅することはないということだった。

彼女に謝るべきだろうか？　たぶん。謝るためにもう一度会うのか？　おそらくそれはない。

謝ったりしたら、彼女がまた僕の頭に何をしでかすかわかったものではない。

現に昨夜は、エラリーを許すなどという愚行に出てしまった……。エイダンは重いため息をつき、発《た》つ前にホテルのプールでひと泳ぎしてくるべきかもしれないと思った。ちらりとベッドサイドの時計に目をやる。七時だ。二時間前にベッドに入ってから、三十分おきに時計を見ていた。

いらいらしてベッドから足を振り下ろしたところで、携帯電話が鳴りだした。エイダンが所有しているいちばん大きな新聞社の編集主任からだ。彼女が連絡してくる理由はほとんどない。エイダンはさっと電話を取った。

「デーナ、どうした?」

「おはようございます、チーフ。昨夜は大変だったようですね。いまさら驚きはしませんけれど」

エイダンの背筋をいやな予感が這《は》い下《お》りた。「なんの話だ?」

「イギリス人のはねっ返りとのすてきな夜ですよ。スクープを手に入れるのに他社としのぎを削っているのに、まさか海外のメディアに出し抜かれるなんて」

「僕は誰ともすてきな夜なんて過ごしていない」エイダンは嘘《うそ》をついた。

デーナが朝刊の見出しをいくつか読みあげると、よもやそんなことになっていようと思わなかったエイダンは、完全にばかにされた気分になった。なんてことだ。

カーラは今朝、元気でやっているだろうかと心配になったが、いまごろは世間の注目を浴びて楽しんでいるに違いない。

「何かコメントを出しておきましょうか?」デーナがきいた。

昨夜から自分がどれだけ世間の注目を集めたかを思うといやになるが、こういうときは何も言わないにかぎる。「無視しろ」

すべてをひっくるめて下した決断がそれだった。

7

ホテルの裏口にある非常出口で車に乗れるよう手配し、エイダンはエレベーターに乗った。

だが、ほどなく一階でエレベーターから降りても、さっさと裏口へ向かうことはできなかった。精算はすでにすませてあるから、あとは出ていくだけだ。出ていって、昨夜の出来事を忘れてしまうだけのはずだった。

もし、必死に頭から追い出そうとしていた女性がホテルの外でガラス壁に張りついている姿を目撃しなければそうしていただろう。

彼女は片手で顔を覆い、もう一方の手を前に突き出して、群がるパパラッチを押しのけながら前に進もうとしていた。

エイダンは激しく毒づき、ずんずん歩いて、あっという間にその人だかりに近づいた。そしてパパラッチの群れをかき分けていると、折よくセキュリティチームが応援に駆けつけ、エイダンはカーラを腕に引き寄せることができた。

サングラスを両手で囲っていたカーラは彼だと気づかず、躍起になって彼の手をもぎ離そうとした。

「スウィートハート、僕だ」エイダンは近くのリポーターにも聞こえるよう大きな声でなだめた。「待たせてすまない。こんなふうに襲撃されるとわかっていたら、きみをひとりにはしなかったんだが」

不意にカーラは動きを止め、エイダンを見上げた。ぎゅっと閉じられた唇が一本の線になってわなないている。

もしもまた彼女が泣きだしたら収拾がつかなくなると思い、エイダンは唯一、自分にできると思うことをした。頭を下げ、カーラと唇を重ねたのだ。

カーラの体から力が抜けるのを感じるや、エイダンは体を折り曲げて彼女の耳にささやいた。「両腕を僕の首にまわすんだ」

カーラが言われたとおりにしがみつくと、エイダンは彼女を引き寄せ、顎の下にしっかりと彼女の頭を組みこんだ。

居残るパパラッチをじろりとにらみつけ、その場をあとにすると、エイダンは立ち止まることなく自分の部屋まで戻ってカーラを深々としたソファに手早く座らせた。

カーラは鼻をすすり、怒りの涙が流れる顔でエイダンを見つめた。

「ほら」彼はティッシュを渡し、昨夜の命令を繰り返した。「これが習わしになりつつあるな。鼻をかめ」

カーラはもう一度、鼻をすすってティッシュを受け取り、サングラスの下の目もとをぬぐってから、言われたとおり鼻をかんだ。

「大丈夫か？」エイダンは短く尋ねた。

「あ、あんまり」

エイダンはゆっくりと彼女から離れた。「何があったんだ？　あの手の状況に対処するのは慣れているものと思っていた」

カーラは背筋をまっすぐに起こし、折り曲げた両脚を体の下に入れた。「アメリカのマスコミはイギリスのマスコミより感じがいいと思いこんで……ろくに考えもせずに部屋を出ちゃったの」

エイダンはやれやれと頭を振った。「感じのいいパパラッチなどいるものか」

「哀れな女だと思っているんでしょうね」カーラはぶつぶつと言った。

彼は顔をしかめただけで、何も答えなかった。カーラはまるで、母猫から引き離されて新しい飼い主の家へ連れてこられたばかりのおびえた子猫のようだった。

「最悪よ」彼女は続けた。「新聞が昨夜のことを報じたのは知っているんでしょう?」

「今朝、うちの編集主任から電話があって、すばらしいニュースを聞いたよ。彼女は、なぜ僕が他紙にスクープを提供したのか知りたがっていた」

カーラは弱々しくほほ笑んだ。「それで、なんて答えたの?」

「何も。くずみたいなゴシップにかかずらうのはごめんだ」

「そのほうがいいわ。あんなふうに割って入って私を助けたら新聞が何を書くか、考えたくもない。きっと私たちが恋人同士だって言いだすわよ。それはそうと、どうしてこんなことをしたの?」

いい質問だ、とエイダンは思った。そして、その質問に、自分がすんなり受け入れられる答えは存在しないと思った。もっと悪いのは、自分の行動が傍《はた》目《め》にはどう映るかまったく考えなかったことだ。ひどい目に遭っているカーラを助け出すこと以外、考えられなかった。

「きみは困っていて、誰も助けようとしなかった。相手が誰であっても、僕は同じことをしただろう」

それは考えようによっては事実だった。「それに、マスコミが何を考えるかなんて、どうしてそこまで気にするんだ?」

カーラは湿ったティッシュで顔をぬぐった。「気にしてなんかいないわ」

「それなら、なぜ泣いている?」

「泣いていない」

「泣いている」エイダンは辛抱強く言った。「きみは明らかに気にしている」

「あなただって、最悪の事態を経験したならそうなるわ」

彼女はおそらく大げさに言っているだけだろうと考え、いらだちを隠そうとしてエイダンは腕を組んだ。「なぜ最悪の事態なんだ?」

カーラは顔をしかめた。「昨夜はうんとお行儀よくすることになっていたの。だから今朝、クリストスにメールを送って、今度のことが落ち着くまで人目につかないところにいるって書いたんだけれど、きっと彼はいまごろかんかんだわ。私の写真はこれからもたくさん撮られるだろうし、それに――」

「落ち着くんだ、カーラ。いったいそのクリストスというのはきみのなんなんだ? 恋人か?」

「違うわ」カーラの視線が一瞬エイダンの口もとに落ち、それから急いで二人のあいだにある絨毯《じゅうたん》に向けられた。「クリストス・ヤトラコス。彼は父のもとで働いているの。私のボスみたいなもの」

「ボス?」

カーラは心配そうな吐息をもらした。「彼が私を高級カジノルームのホステスとして送りこんだの。私が家業に対する自覚を持って手に職をつけ、スキャンダルなんか起こさないように」

それから彼女は少しばかりしゃくり上げ、〈デマルシェ〉との大きな契約を失ったことも含めて洗いざらいしゃべった。

「これは私の過去のスキャンダルの中でも最悪のものになるかもしれないわ。二人の男性の賭けの道具に使われたなんて。もうだめ……」カーラは両手に顔をうずめた。「もう二度と働けないわ」

「泣いてばかりいるなら、そうかもしれない」エイダンはゆっくりと言った。

「感情は変えようがないもの。それに、どうしてあなたが怒らないのか理解できない」

「こういう話は山ほどあるからな」

「そうかもね。それに、こういう状況で男の人の評判が傷つくことはないもの。でも私は……」カーラは実に醜いサングラスで隠した目をぬぐい、震える唇を噛《か》みしめ、さらにこみ上げる涙をこらえた。

「何か食べたか？」エイダンが唐突にきいた。

カーラはちらりと彼を見上げた。「それがどうかした？」

エイダンは答えず、ゆっくりと部屋を横切って内線電話をかけた。「コーヒーとペストリー、ベーコン、卵、トースト、それと、なんでもいいからこの国で手に入る頭痛薬を持ってきてくれ」

「なぜルームサービスなんか頼むの？」

「おなかがいっぱいになれば、泣くのは難しい」

「そう？」

エイダンは手で髪を梳《す》いた。「わからないが、頭痛の助けにはなるだろう」

カーラは目を丸くした。「どうして私が頭痛だってわかったの？」

エイダンの唇の片端がきゅっとつり上がる。「頭痛薬は僕のために頼んだ」

「あら」

カーラの残念そうな顔を見てエイダンの笑みが大きくなった。

「きみはずっと首の後ろをさすっているな」エイダンはそれが気になってならなかった。「もっと気持ちを楽にしたほうがいい。こんなことは、ふと気がついたときにはもう終わっているものだ」

そんなの信じられないとばかりに、カーラは唇をゆがめた。「あなたにとってはそうかもしれない。でも私にとっては……。昨夜のことは私の悪い評判をもうひとつ増やしただけ。もうクリストスになんて言ったらいいかわからないわ」

今度はエイダンが自分の首の後ろをさすった。昨夜のことを思うと罪悪感で胸がうずいた。カーラを賭けると言ったエラリーの言葉などはねつければよかったのだ。なのに、しなかった。生まれて初めて分別をなくし、人前で笑い者にされたという根源的な怒りを感じた。

しかし正直に言うなら、昨夜エイダンを駆りたてたものはそれだけではなかった。カーラとエラリーがカップルだと思ったとたん、二人を引き裂きたくてたまらなくなったのだ。彼女をあの男から引き離し、部屋に閉じこめ、どうしてそんな愚かなまねができるんだと問いつめたかった。

だが、このシナリオの中で愚かなのは彼女ではなく、おそらく僕だ。

「この問題を論理的に考えるなら、階下で起きたことはきみの有利に働く」

カーラは鼻を鳴らした。「どうして?」

「わからないのはきみが感情的になっているからだ。考えてごらん。クリストス・ヤトラコスの噂《うわさ》は聞いている。もし僕たちが本当に関係を持っていると考えたのなら、彼は心から安心するだろう。きみは彼に、この件はすべて誤解だったと言い張れる。僕たちは恋人同士で、何も問題はないのだと」

カーラは唇の内側を噛み、エイダンのほうは彼女と無理やり目を合わせようとした。

「取れ」

カーラが動きを止め、喉をごくりとさせた。「取るって、何を」

「サングラスだ」紙やすりの上で転げまわったような声が彼の口から出た。「そんなものをかけていたら話などできない」

カーラはエイダンのざらついた声を聞いて体が震えるのを感じ、心を読まれたのかと思った。目の前をゆっくりと歩きまわる彼はたまらなく魅力的だと考えていたのだ。

「これがないとだめなの」

エイダンはカーラの前で止まった。「なぜだ?」

「目が痛むの」

止める間もなく、エイダンは手を伸ばして彼女の顔からサングラスを外した。カーラは慌てて顔を伏せたが、彼に顎をつかまれた。震えながら充血した目をつぶり、彼の腕を押しのけようとする。けれどそれは鋼鉄を曲げようとするに等しかった。

エイダンは毒づき、彼女から手を離した。「相当激しく泣いたようだな」

「ええ」

「ちょっと待て」エイダンは再びカーラの顎をつかみ、彼女の視線を自分に向けさせた。「きみの目、今日は青いな。緑じゃない」

「本当はすみれ色よ。充血していてわからないでしょうけれど。元気を出そうと思って、エリザベス・テーラーに合わせてみたの」

エイダンは躊躇《ちゅうちょ》しつつもカーラの言葉を信じた。

「実際にコンタクトレンズが必要なのか？」

「いいえ。好きで使ってるだけ」

「生まれつきの目の色は？」

「地味な色よ」

きみには地味なところなどないと応じる前に、礼儀正しくドアをノックする音がした。

ノックに応えて彼がドアへ向かうあいだ、カーラは飛び立つようにソファから離れ、いちばん近い部屋に駆けこんだ。

そこはエイダンの寝室だった。まだ彼のスパイシーな香りがかすかに残っていたが、無視するのよ、とカーラは自分に言い聞かせた。

「カーラ、どこにいるんだ？」

「ここよ」

彼女は答え、再び部屋のドア口に姿を現した。最初にこの部屋へ来たときよりも落ち着いているように見せかけた。エイダンは食べ物を満載してリネンをかぶせたワゴンの横に立っている。カーラのおな

「だったら、僕たちはつき合っていて、昨夜のは一種の荒々しいセックスプレイだったと言え」

「後半のとっぴな言い分は信じてもらえるでしょうけれど、残念ながら前半は無理ね」

「なぜだ？」

「きく必要あるかしら？　社会的地位のあるエイダン・ケリーとチャッツフィールド家のお騒がせ娘がカップルですって？　そんなの誰も信じないわ」

エイダンに頭痛薬を渡されると、カーラは反射的に首を横に振った。

「私は健康おたくなの。薬に頼らずに自然に治すほうがいいわ」

「見上げた心がけだ。さあ、のめ」

カーラはくるりと目をまわしたものの、言われたとおりにした。「いつもそうやってボス風を吹かせるの？」

エイダンはちょっとためらってから肩をすくめた。


かが鳴った。

「ルームサービスを持ってきた人と顔を合わせたくなかったの」

エイダンは嘲るように笑った。「それにはちょっと遅すぎると思うが」コーヒーの入ったカップを差し出す。「飲むかい？」

「砒素《ひそ》でも入れて」

エイダンの笑みが大きくなり、カーラは震える手でカップを受け取って、コーヒーにミルクと砂糖を入れた。男の人って、スーツにぱりっとアイロンのかかったシャツがこんなにしっくりと見えるものなの？　彼に比べたら私はしおれた花みたい。

「そんなに悲観するような話じゃない」

「あなたにとってはね」カーラは陰気な顔で思い出させた。「クリストスにどう話すか決めなくちゃ」

「彼には何も話すな」

「簡単に言うのね」

「どうもそうらしい」そう言って、今度はクロワッサンを彼女に手渡した。

「バターを使ったものも食べない主義なの」

「ばかばかしい。あんなに泣いたのも無理ないな」

カーラはそれを聞いてにっこりし、ペストリーを見やった。バターを使ったクロワッサンは何年も食べていない。期待感におなかが鳴り、エイダンは彼女に向かってさらにプレートを突き出した。酵母の香りが鼻に届き、口論するよりましだと思って、それを受け取った。

「聞いてくれ」エイダンが口を開いた。「僕はきみを縛りつけているものが合理的とはどうしても思えないし、クリストスに僕たちがつき合っていると話すことについては本気だ」

「私のことを世間がどう噂《うわさ》しているか気にならないの？」

「僕は世界を相手取っても屈しないよ、カーラ」

エイダンに名前を呼ばれると、はがしたクロワッサンの皮がのみこみづらくなり、口の中で紙のように感じられた。なんとかコーヒーと一緒にのみ下し、咳払《せきばら》いをする。「クリストスは絶対に信じないわ」

そして一週間後の新聞に美人を腕に抱いたエイダンが出ているのを見て、私はだまされたみたいな気持ちになるのだ。「でも、ありがとう。だいぶ気分はよくなったわ」

「よくなった？」エイダンは疑わしそうだった。「きみはどうしようと思っているんだ？」

「ロサンゼルスにいるエージェントの家に身を隠すわ」

「やめておけ」エイダンは自分でついだエスプレッソを飲み干し、カップをテーブルに置いた。「きみは僕と一緒に来るんだ」

カーラは顔をしかめてエイダンを見た。「あなたと？　どこへ？」

「このあと二日間、フィジーで会議がある。きみも来たらいい。浜辺に座って、スパへ行くんだ。そのあとどうするか考えつくまで、自分に二、三日の猶予を与えるといい」

　カーラはうっすらと笑みを浮かべた。「それで何が解決するの？　あなたは私を嫌いなんでしょう」

「嫌いではない」エイダンはゆっくりと窓に沿って歩き、外を眺めた。「そうすれば僕たちの関係が本物らしく見えて、きっとクリストスの気持ちもほぐれる」

　すてき。

　彼は私に同情してくれているというわけね……。とはいえ、南の島に潜むという考えがおおいに魅力的だということは認めざるをえなかった。

「そこにもパパラッチはいるかしら？」

「高級リゾートの価値はゲストのプライバシーが守られることにあるんだよ、カーラ。いやだとは言わせない」

　カーラは部屋の反対側にいる男性を見つめた。彼は命綱を投げてくれた。けれど、いままでのどんな男性より私を魅了する人と二日間ともに過ごすなんてできるかしら？

「どうしても？」

「そうだ」

　エイダンの笑みに、カーラの胃は宙返りを打った。彼が私をものにすると決めたのなら、とんでもないトラブルに巻きこまれる――そうと知っての胃の反乱だった。

8

　フィジーの空港に着陸するなり、ラスヴェガスとはなんという違いだろうとカーラは感動した。

　無人の砂漠に囲まれ、まばゆい光に満ちていたラスヴェガスに対し、フィジーは控えめでありながらどこまでも贅沢《ぜいたく》だった。熱帯植物の深い緑、スパイシーで甘く、湿潤な空気、南太平洋の深い青。これらを表現するのに、贅沢という以外の言葉は見つからなかった。

　二人が到着したのは午後も遅い時間だったので、目的地の島へ行くモーターボートに乗る前に、太陽は水平線に沈んだ。闇はまたたく間に迫り、彼らが白い革張りのシートに座って荷物が積みこまれるころには、すでに黒いベルベットのような空には星がまたたいていた。

　風に髪をなぶられ、顔に水しぶきを受けながら、うなりをあげるモーターボートに乗って暖かい海を横切り、影になった小さな島々をよけて進んでいく。

　エイダンと一緒に来たのは正しい決断だったのだろうかと、カーラは何度となく考えた。当初は問題を避けて身を隠せるのは魅力的に思えたものの、ロサンゼルスかロンドンに戻るべきではないかという思いは払拭できなかった。

　いまあたりを見まわしながら、カーラは落ち着かない気持ちで考えた。これから膨大な時間をひとりで過ごすか、あるいは息も継がせぬキスをされた男性と二人きりで過ごすのだ、と。

　モーターボートが速度を落とし、『ロビンソン・クルーソー』に出てくるような島に近づく。腰の高さほどのたいまつが砂浜に沿って並べられ、熱帯の奥地へ消えていく。砂浜には小さなボートが引き上げられていた。

浜辺にいた大柄の現地の男性が手を上げて大声で挨拶し、海に入ってボートの舳先《へさき》をつかむ。

「ここはいつもこんなに静かなの？」エイダンが隣に来ると、カーラは小声できいた。

「夜のこの時間にはね。サンダルは脱いで、パンツの裾をまくったほうがいい。僕らも海に入らなくてはならないから」

「わかったわ」カーラは船べりから身を乗り出して渦を巻く海に目を凝らした。「フィジーには嚙《か》みつく魚なんていないわよね？」

「ピラニアだけだ。だが、夜は眠っている」

カーラがちらりと目を上げると、エイダンの唇からすばやく笑みが消えるのが目に入った。「なんてすてきなのかしら」

彼女はハンドバッグとサンダルをボートの漕《こ》ぎ手《て》に渡し、温かくて浅い海にするりと入った。

エイダンはズボンの裾をまくり、優雅な身ごなしで同じように浅瀬に飛び下りた。

「本当にここで会議をするの？」

「悪いか？」

「木々がそよぐのと浜に打ち寄せる波の音しか聞こえないわ。それにすごく暗い」

「暗闇が怖いなんて言わないでくれよ」

「暗闇そのものじゃなくて……」カーラはごくりと喉を鳴らした。「私は孤独恐怖症なの」

エイダンの両の眉が上がった。「孤独恐怖症？」

「恐怖症みたいに思えるときがあるってこと。まわりに人がいるのが好きなだけ。子供のころは、毎晩のように姉のベッドに潜りこんだものよ」

「ご両親のベッドではなく？」

「ええ。両親はいないも同然だったから」

エイダンに怪訝《けげん》そうな顔で見られ、カーラは目をそらした。両親の話は誰にもしたことがない。

「こんにちは《ブラ》、ココナッツ・ビーチフロント・リゾートへようこそ」

「ありがとう」カーラは挨拶をしてくれたフィジー人の男性に笑顔を向けた。相撲取り《スモウ・レスラー》並みに体が大きいが、開放的な笑みは瞬時に人を魅了するものだ。

「ディネッシュ！」エイダンは古くからの友人のように彼に挨拶し、いかにも男性らしい豪快な握手をした。久しぶりに会った兄たちがそういう握手をするのをカーラは見たことがある。

「また会えてうれしいよ、ボス。久しぶりだな」

「ディネッシュ、こちらはカーラ・チャッツフィールド。僕のお客さんだ」

「お目にかかれて光栄です、ミス・チャッツフィールド。楽しい滞在になりますように」彼は体の向きを変え、浜辺の少し上のほうを指さした。「あっちへ行くなら、バンガローまで乗せていきますよ」


彼の小型バギーに乗せてもらうと、車は数分で木造のビーチハウスの前に止まった。草ぶき屋根で古風な趣がある。階段を二段のぼって広いベランダに行くなり、カーラはこの小屋に心を奪われた。

腰布を巻きつけた伝統的な島のスカートと白いブラウスを身につけた現地の女性にフルーツジュースが入った背の高いグラスを渡され、カーラはその香りに満足げなため息をついた。体に糖分が染み渡ってエネルギーが再充填《さいじゅうてん》された気がした。

外観の古風な趣とは打って変わって、室内は水漆喰《しっくい》の壁や深い座り心地のソファ、伝統的な麻のラグで覆われた黒っぽい木の床が、デカダン風の贅沢さを醸し出していた。

「すてきな家ね」

カーラは振り返り、二人の荷物を持ったディネッシュを通そうと後ろに下がった。

するとと思いがけず大きな手が腰に当たってこわば

った声がもれ、カーラは後ろにいたエイダンにぶつかったことに気づいた。一瞬、彼の固い腿にぴったりとヒップがついてしまい、全身がかっとほてって息ができなくなる。

「ごめんなさい」彼女は少しかすれた声で謝った。

「僕のせいだ」

エイダンが歌うように言って、彼女のほうを見ずに部屋の中へ入っていく。二人のあいだで宙づりになっている前日の夜がまたたく間に戻ってきたようで、カーラは前進すべきか後退すべきかわからなくなった。物理的にも、心理的にも。

エイダンがディネッシュと話しているあいだに探索しようと決め、カーラは金と大理石で造られた凝った装飾のバスルームと二つの寝室、女王のためかと思われるような大きな四柱式ベッドを置いた主寝室を見てまわった。

「ディネッシュ、ここは……」

カーラは目を見開き、両手をぎこちなく体の脇に落とした。ディネッシュだと思ったのはエイダンだったのだ。彼はカーラを見て顔をしかめた。

「きみのバッグだ」

「ありがとう」自分がこの部屋を使いたがっていると思われたくないのと、ここをエイダンと一緒に使うところをできるだけ想像しないようにしながら、カーラは咳払《せきばら》いをした。「あなたがこの部屋を使っていいのよ。私は何も――」

「いいじゃないか」エイダンは遮った。「そもそも僕はあまり寝ないんだ」

大きなベッドとエイダンから離れる必要を感じたカーラは、彼と同時に動くという過ちを犯した。今度は体をかすめるどころか、向かい合った彼にぴったりと体が張りついていた。

「ああ、ごめんなさい」

肺に引っかかった息が発砲音のように静かな部屋

に響いた。エイダンの青い瞳にじっと見つめられ、心臓が早鐘を打ちだす。カーラは圧倒されるような彼のキスを期待して息を凝らした。

けれど、キスの代わりにエイダンは唇を引き結び、カーラの肩に両手を置いて彼女を押しやった。

「少し眠ったほうがいい」

異議を唱える間もなくエイダンは大股に部屋を出ていった。だが、カーラは一時間たっても眠れなかった。疲れているはずなのに、体が時差のせいで混乱しているらしい。

寝返りを打ち、ベッドの支柱に結ばれた淡い色のカーテンを見つめて、窓の外の耳慣れない島の音に耳を澄ました。エイダンはもう眠ったかしら？　そう考えるなり、暗闇の中で顔をしかめた。

当然よね。彼だって私と同じくほとんど寝ていないし、ほかの物事と同様、睡眠も効率よくとれるに違いない。眠れと自分に命じたら、体は即座に従う――そういう強いオーラめいたものを持っている男性はさほど多くない。私の父でさえ、そこまではいかない。

学校に通いはじめたばかりのころ、母がなぜ家を出たか、父の最新の愛人は誰かと、多くの女の子たちのあいだで噂《うわさ》になった。当時はそういう愛人たちと父の愛情を求めて競い合っているつもりでいたが、最後の最後に真実を学んだ。初めから競争なんてなかったのだ。私に勝ち目はなかったのだから。

カーラはベッドカバーを押しやって立ち上がった。いつもなら忙しさに紛れてこんな思いは寄せつけずにすんだ。友だちと食事をしたり、買い物に行ったり、ダンスをしたり……。でも、こんな人里離れた島にいると、ことさらに孤独感が募る。

大きな空っぽのベッドそのものだ。

眠ろうにも眠れないので、温かいミルクが助けになるかもしれないと思った。カーラはためらいがちに寝室のドアを開け、できるだけすばやく爪先立ちで短い廊下を進んで主寝室に入った。

エイダンはぐっすり眠っているものと思ったのに、起きていた。

彼は着古したTシャツとグレーのスウェットパンツという姿で、ソファで前かがみに座っていた。短い髪は何度となくかき上げられたように見え、膝の上には開いたパソコンが置いてある。

疲れた様子だがセクシーな彼を目にして、カーラの胃がほんの少し引きつった。「ごめんなさい」慌てて言う。「あなたが起きているとは思わなくて」

カーラがドア口でうろついているのを見て、エイダンは全身が緊張するのを感じた。暗い明かりの中で彼女を見分けるのは難しかったが、細い肩ひものついたネグリジェらしきものを着ているのが見えないほどではなかった。淡い色の短いネグリジェを着たストレートのショーヘアの彼女は、またもキュートでエロティックな小妖精《ピクシー》を思わせた。

「どうかしたのか？」

その声の刺々《とげとげ》しさに、カーラが飛び上がったのがわかった。

「ごめんなさい。起こすつもりはなかったの」

「まだ寝ていなかったよ。何か困ったことでも？」

「眠れないから温かいミルクでも飲もうかと思って。子供のときには効果があったの」

「それはいい」

けれどなお、カーラはまだ部屋の隅でうろうろしていた。「でもあの、ごめんなさい、やっぱりいらないかも……」

「謝るのはやめてくれ」エイダンはうなるように言った。

「ごめんなさい」

自分の口にしたことに気づいて、カーラは微笑した。「いけない、ごめ——いえ、そうじゃなくて」

エイダンの口の片端が不承不承の笑みで引きつったのがわかり、カーラの笑みも深くなった。

「ミルクをいれておいで」

「ありがとう」

カーラは間仕切りのない小さなキッチンに向かった。取りかかっていた仕事を忘れる前にパソコンの表計算ソフト《スプレッドシート》に戻れ、とエイダンは自らに命じた。

「飛行機でも仕事をしていたから、助けてもらったお礼を言いそびれていたんだけれど……」カーラは耳の後ろにひと房の髪をかけた。「あなたの厚意に甘えたことは本当に心苦しく思っているの」

「いいんだ。状況を悪化させたのは僕なんだから」

「あなたは私を救おうとしてくれただけよ。感謝しているわ」

「わかった。問題が解決してうれしいよ」

「私はただ——」

「ミルクはもう温まったのか？」エイダンはぶっきらぼうにきいた。

「いけない」カーラはまわれ右をしてステンレスのレンジに向かい、ポットの様子を見た。

彼女の短いネグリジェが腰まわりでひるがえり、エイダンはもう少しでうめき声をあげるところだった。もしも僕がカーラの背後に歩み寄ってあの細いウエストに両手をまわし、ぴたりと体を寄せたら、彼女はどうするだろう。その考えを実行に移すかどうかを決める前に、カーラがくるりと振り返って木のスプーンを彼のほうに突き出した。

「ほらね、どうもわからないのよ」

「わからないって何が？」エイダンは彼女の声に悲しげな不満を聞き取り、慎重に尋ねた。

「あなたって、いい人かと思うと、次の瞬間にはそうじゃなくなる」

「きみが悪いんじゃない」

カーラは鼻を鳴らした。「別れ話の台詞《せりふ》みたい」

エイダンは両脚を長々と伸ばし、仕事をするのを諦めた。「〝あなたが悪いんじゃないわ、これは私の問題なの〟ってやつか？」

「まさにそれよ」カーラの顔が笑みで明るくなる。

「そういう台詞をずいぶん言ってきたんだな」

カーラは顔をしかめた。「私は言われたほうよ」

エイダンの眉が跳ね上がった。「冗談だろう？」

カーラは首を横に振った。「残念ながら。姉のルシーラの理論によると、私は自分の価値観を補強するために男性を求めるから、いつも間違ったタイプの男性とデートをするんですって」

「そうなのか？」エイダンの視線がカーラの体の上を滑った。彼女とベッドに行くべきではない理由を考えたが、その答えを出せずにいた。そう、彼女は若い。軽薄で衝動的なのも疑いの余地はない。だが、それがなんだ？　彼女と結婚するわけじゃないんだ。

どんな女性とも結婚はしたくない。

「姉は、私が愛に裏切られた経験が多すぎると思っているの。だから私は自分をゆだねられない男性ばかり選ぶんですって」

エイダンの目がカーラの視線をとらえた。「興味深いな」彼はぶつぶつ言いながら、自分が本当にそう思っていることに気づいて驚いた。「それで、きみ自身はどう思っているんだ？」

カーラは他人事《ひとごと》みたいに肩をすくめた。「半径十キロ以内に上流階級狙いの男性や社会不適合者がいたら、目隠しして柱に縛りつけられていても、私は嗅ぎ分けられると思う」

エイダンは愉快そうに声をあげて笑った。「きみが僕の評判を台なしにするかもしれないと思った理由がいまわかったよ。僕はこれまで社会不適合者と言われたことはない」

カーラもくすくす笑った。「あなたはどう？」

エイダンは落ち着かなげに彼女を見つめ返した。

「どうって？」

「いま恋人はいないのよね？」

エイダンは眉を上げた。「いたらきみを連れてこなかったと思う。だが……女性たちは恋人になるまで長く僕につきまとうことはないようだ」

「どうして？」

今度はエイダンが、なんでもないと言わんばかりに肩をすくめた。彼にとっては本当にどうでもいいことだった。「彼女たちに言わせると、僕は働きすぎだという」

「あなたはどう思うの？」

カーラがエイダンの膝にあるパソコンに視線を投げかけると、彼は再び声をあげて笑った。

「かもしれない」

カーラはまた木のスプーンで彼を指した。「ほら、それよ。それについてはひとつの理論があるの」

「また理論か？」僕はなぜ、キッチンで自分をからかっている魅力的な女性を目の前にして、いまもソファにおとなしく座っているんだ？　エイダンは膝の上のパソコンをカーラと置き換えることを真剣に考えた。

「そう。私の理論によると、人は自分にとってパーフェクトな人に出会うと、一緒にいないではいられないの」

エイダンは苦笑をこらえた。「仕事も睡眠も食事もなげうって、ただひたすら二人でいるのか？」

「違うの。その人をとても愛しているから、離れているのは耐えがたいのよ」

「真実の愛か」エイダンは嘲るように言った。

カーラが唇を突き出した。「私をからかっているんでしょう」

「ほんの少しね」

「私なら、最愛の人になると思った男性としかデートはしないわ」

つまり、そうでない相手とはベッドをともにする気もないということか。僕は昨夜、彼女のことを誤解していたのか？「ミルクはどうした？」エイダンは彼女を部屋に帰したくなってきた。

「いけない！」カーラは鋭く叫んでポットをレンジから下ろした。「忘れていたわ。でも、大丈夫」そう言ってエイダンを見やる。「あなたも飲む？」

エイダンは首を横に振った。「僕はいい」

「よく眠れるわよ」

シルクのネグリジェを着た彼女を見たあとでは、頭を思いきり殴りでもしなければ眠れそうにない。

「じゃあ、あなたは真実の愛なんて信じないし、恋に落ちたこともないのね」カーラは言った。

エイダンは彼女の小さく盛り上がった胸からなんとか目をそらした。「いままでたくさんの女性とデートをしてきたし、その中の誰と出かけたときも楽しかったと断言できる」

「それは私の理論を証明しているわね」

「どういうことかな？　説明してくれないか」

「あなたは恋をしたことがないし、関係が終わったときにはいつも喜んでいた。本当に恋をしていたなら、いまはあまり幸せじゃないはずよ」

「きみの言うとおりだ」エイダンは冷静に応じた。

「むしろみじめな気分だろう。だが、ぜひきいておきたい。大学入学許可試験《Aレベル》を受けるべきときにアーティストと一緒にイビサ島へ行ったとき、きみは恋をしていたのか？」

カーラがその質問にショックを受けているのがわかったが、いまのエイダンには彼女が実際にどんな女性なのかを思い出させてくれるものが必要だった。

「私がアーティストと一緒にそこへ行ったと新聞が書いたのは知っているわ。でも違うの。私はアーティストを求めてそこへ行ったの」

そんな違いには大して意味はないと言いたげに、エイダンはかぶりを振った。「彼にそれだけの価値があったならいいが」

「そういうことじゃないのよ」カーラの頬骨のあたりがうっすらと赤らんだ。「私は彼を個人的には知らなかったの。イビサ島へ行ったのは作品を見るためよ。だって、彼は本当に心を揺さぶるアーティストで、命が尽きかけていたんだもの。あれが最後の展覧会だったから、当時の私には数学の試験よりずっと重要だと思えたの」

欲望をコントロールできないことに心底うろたえていたエイダンは、そんな言い訳など聞きたくなかった。「でも、いまはもっと分別があると?」

「ええ。人生において何をしようと、犯した過ちは悪臭のようにつきまとって誰も許してくれない。ちゃんと自覚しているわ」カーラは台の上に注意深くカップを置いた。「あなたが過ちとは無縁な人生を送っていることはわかるわ。でも、みんながそんな幸運に恵まれているわけじゃない。ときには間違ったこともする。もうひとつわかっているのは、世界じゅうの人たちが他人の欠点や過ちを許せば、世の中はもっと幸せな場所になるということ。悲しみを敵意と怒りに変化させる人たちが、いちばん人を傷つけるのよ」

ほとばしるような自分の言葉に少しばつが悪そうで、カーラは唇を震わせていた。おかげでエイダンは自分が卑劣漢になったような気持ちにさせられた。

「とにかくベッドに入るんだな、カーラ」

カーラは怒りで目を光らせたが、硬い声でおやすみの挨拶を言うと、つんと顎を上げて立ち去った。

エイダンは長い吐息をもらした。女性を見るだけで体が反応したのは本当に久しぶりのことだった。

そしていま、自分がカーラをフィジーまで連れてきたのは、泣いていた彼女を救おうとしたのと同時に、下心もあったのだと気づいた。あわよくば、カジノの夜にやりかけたことを最後まで成し遂げようと思い、ここまで彼女を連れてきたのだ。

真実の愛に対する頑《かたく》なまでのカーラの信念は、彼の良心を信じていることを意味していた。そのためエイダンは、反応した体と真のロマンスとのあいだでこの島に串刺しにされたも同然だった。

最高だ。エイダンは皮肉っぽく思った。これからの数日間は自制心を試すレッスンになりそうだ。

彼女がそばにいる唯一の明るい材料は、マーティン・エラリーから気持ちをそらせることだ。事実、マホガニールームからカーラを引きずり出して以来、あの老人のことも、長年胸に抱いてきた復讐《ふくしゅう》をしそこねたことも、考えずにすんだ。その状態だけはこの先も続いてほしかった。

9

「すばらしい基調講演だった」エイダンの右腕であり、長きにわたる友人でもあるベン・ジェームズは感激した面持ちで賞賛した。「彼を連れてきて正解だったな。スミシーにあれほどの見識があるとは思わなかった」

「楽しんでもらえて何よりだ」

エイダン自身はスミシーが冒頭に披露したジョークを聞き逃していた。そして二人はいま、次の会議へと向かっていたが、それがどの会議かエイダンは知らなかった。

いつもはひとつか二つの会議に出席するが、今朝はどうも集中できない。

前の晩にカーラが感情をほとばしらせたことは、エイダンを驚かせると同時に狼狽《ろうばい》させた。彼女の悪い噂《うわさ》は気にならないと言ったのは嘘《うそ》ではない。彼を悩ませたのは、日のさんさんと降り注ぐマットレスで怪しげなアーティストとからみ合うカーラの幸せそうな様子を想像したときに感じた強烈な嫉妬だった。その想像に動揺したあと、下唇を震わせる彼女を目の前にしてダブルパンチを食らった。彼女を傷つけたという紛れもない証拠に、胸をぎゅっと締めつけられた気分だった。

そしてカーラと過ごす時間を減らしたのは、彼女に対する心身両面での反応を直視するのが怖かったからだけではない。〝許し〟に関する彼女の話に、記憶の核をなす部分を大鎌ですぱっと切り裂かれたからだった。

〝許し〟というのはエイダンがこれまでにあまり考えたことのない概念だった。いま思うと、父は寛大な男ではなかった。死の直前までマーティン・エラリーへの憎しみを正当化して心に抱きつづけ、いつそういうことになったのかまったくわからなかったと苦々しい口調でよくそう言った。

いま思い返すと、違う側面が見えてくる。父はエラリーを許せなかったのではなく、身近で起きていたことに気づかなかった自分が許せなかったのではないか。生きることにも男であることにも投げやりになったのは、単に自身の欠点のせいではなかったのか。そして、同じことが、父の恨みを引き受けた自分にも言えるのでは？

だが、なぜ僕はいまになって突然そんなことを自問しているんだ？

カーラ・チャッツフィールド――彼女のせいだ。エイダンは暗にそれを認めていた。カーラと話をするのは彼女を見ることと同じくらい危険だ。

ベンと二人で本館を出たとたん、はるか上空の太陽がその存在を強烈に知らしめた。柔らかな砂地の小道とエキゾチックな植物のまわりを飛ぶ虫の気だるい羽音が、彼らのスーツと革靴をあざ笑っている。ショートパンツにビーチサンダルで来るべきだったのだ。浜へ出る道ですれ違うサーファーのようなカジュアルウェアで。

島に打ち寄せる波はワールドクラスと言ってよかった。エイダンが最初にこの地域に引かれたのは、あの波があったからだ。十年前は貧しくて荒廃した村以外、何もなかった。あの波をひと目見て潜在的な可能性に気づき、どうすればここがリゾート地になるかを悟った。この島はフィジー諸島の中で最も利益を生み出せる場所だったのだ。

エイダンがパドルで沖へ出るサーファーをひそかに見ていると、浜辺にひらめく鮮やかなピンクが目に入り、女性の甘い笑い声が聞こえてきた。彼は緊張して立ち止まり、そちらに目をやった。ゴールドのビキニ以外は何も身につけていないカーラが、サーフボードにワックスを塗るサーファーの隣に立っている。腰に手を当てた彼女の体は惜しげもなくサーファーの視線にさらされていた。

エイダンはあとから追いつくとベンに言い、疑うことを知らないカップルに忍び寄った。

近くまで行くと、その男は一流のサーファーで、かつ名うての女たらしとして知られていた。

男の目はカーラの体の中央に釘《くぎ》づけになっている。その視線を追ったエイダンは、見たこともないほどセクシーなタトゥーを見た。カーラのへそを取り巻いている輪は……花か？　いや、ハートだ。小さな赤いハートが二つ、重なり合うように描かれている。

エイダンはごくりと喉を鳴らし、筋肉がいっきに熱くなってこわばるのを感じた。

カーラに紹介されたサーファーはエイダンに軽くうなずいたが、彼は挨拶を返さなかった。代わりに我が物顔に彼女に近寄り、ほかの男が近づくのは許さないということを態度で示した。

男はそのメッセージを受け取り、にやけた表情を一瞬にして消した。

「午前中ずっと何をしていた？」

カーラはいぶかしげにエイダンを見た。「ようやくメールを書いたわ。クリストスと姉に」

「なんて書いたんだ？」

「あなたのアドバイスどおりよ。私は元気です、すべてはあとで説明しますとだけ」

カーラが足を踏みかえ、サンダルの端から砂が舞い上がった。エイダンは、小さなビキニを着た女性の横に服を着こんで立つ自分を愚かしく感じた。

「普通はきみが何をしようとかまわない」エイダンは口を開いた。「だが、ここにいるあいだは、ほかの男といちゃつかないでもらいたい」

「いちゃついていないわ。話をしていただけよ」

「ここは僕のリゾートなんだ、カーラ。そしてきみは僕のパートナーとしてここにいる。その立場にふさわしいふるまいをしてほしい」

「ここがあなたのリゾートだなんて知らなかったわ。なぜ言ってくれなかったの？」

「関係ないと思ったからだ」

「でも、私は断じていちゃついてなんかいなかったわ。ジョン‐ジョンがあとでサーフィンを教えてくれるんですって」

冗談じゃない。

「あそこはきみには危険すぎる」

「おもしろそうだわ。あなたも挑戦してみたら？危険なことをするの。羽目を外すのよ」

その口ぶりから察するに、カーラが彼にはそういう一面がないと思っているのは明らかだ。しかし、羽目を外す方法ならエイダンも知っていた。

ドゥカティ社のバイクにはよく乗るし、アルプスでヘリスキーもする。ある年には、危険なことで有名な〈シドニー・トゥ・ホバート・ヨットレース〉に参加する計画まで立てた。

「楽しむより大事なものが人生にはあるんだよ」エイダンは投げつけるように言った。

「それはわかっているわ」

彼女の静かな物言いが気になってエイダンは尋ねた。「そうか?」

「ええ。事実、ここにいるあいだ私に手伝えることがないかきいてみようと思って、あなたを捜していたの」

「手伝う?」エイダンは彼女のビキニに目が行ってしまうのを止められなかった。「その格好で?」

「そうよ」カーラは勢いよく腰に手を当て、反抗的に彼をにらんだ。「あなたは気づいていないようだけれど、島の人はみんなこういう格好よ。あなたの会議の出席者でさえショートパンツをはいてるわ」

そうなのか? 気づかなかった。

「なぜ、手伝いがしたいんだ?」

その質問で、カーラの怒りはいくらか削《そ》がれたようだった。「さあ……。忙しくしていたいからかしら」そう言って気弱にほほ笑む。「それに、昨日あなたは私を助けてくれたし、リムジンを横取りした埋め合わせもしなくちゃと思って。あなたの個人秘書も辞めてしまったというし……」

最後に女性に手伝うと言われたのはいつのことだったか。女性たちはたいてい僕のオフィスでの仕事、あるいはベッドでの仕事のために近づいてくる。

ときにはその両方のために。

僕に借りがあろうとなかろうと、彼女たちが僕のために何かをしようと言ってくれたことはない。僕はカーラ・チャッツフィールドを見損なっていたのだろうか。

「何ができるんだ?」エイダンはぶっきらぼうにき

いた。

カーラの顔がぱっと輝いた。「あなたの会議中に電話番をするわ」

「重大事以外、ここの番号は誰にも教えない」

「オーケー。じゃあ、あなたのメールをチェックして、急ぎのものがあれば知らせるわ」

「メールの情報は機密事項だ」

「ああ、そうね。じゃあ、書類のタイプは？」

エイダンは興味をそそられた。「タイプを打てるのか？　エクセルは？」

「やっぱりやめておく。あなたの役には立てそうにないわ……。海辺に座っているだけにする」

エイダンはお目付け役もなしにビキニを着たカーラに海辺に座っていてほしくなかった。

「きみにできることがひとつある。地元の村にある学校の建物をチェックする者が必要なんだ」事実ではなかった。作業の完了を査定する独立検査官がもうすぐやってくることになっていた。「去年、高潮の被害に遭い、校舎を建て直す必要が出てきた。大がかりな仕事だが、作業が遂行できるかどうか評価する時間が充分取れなかったんだ。現地へ行って、きみの印象を聞かせてくれないかな。正式なものじゃなくていい。ただその……印象をね」

「本当？」

エイダンはうなずいた。カーラの輝くような笑顔を見て後ろめたさを覚え、咳払《せきばら》いをする。「よかった。仕事は一時間もあれば終わる。昼食はメインレストランのテラスで一時からだ」

「わかった。行くわ」

バンガローへ戻るカーラが見えなくなるまで見送って、エイダンは会議場へ向かった。

そして、二時間後。

「彼女が来るのは確かなの、エイダン？　会うのが本当に楽しみだわ。すごい美人なんでしょう」

エイダンは奥歯を噛《か》みしめるのをやめて、ベンの魅力的な妻、ケイトに答えた。「来ると言ったと思うんだが……」おおかた、またサーファーとしゃべっているのだろう。「時間を忘れているようだな」

彼は席を立ち、会議の出席者たちにまじって着席しているディネッシュにゆっくりと近づいた。

「ディネッシュ、僕の客を見なかったか？」

「ミス・チャッツフィールドですね。さっき学校の場所を教えました。彼女が監視員をするそうで」

違う。エイダンはディネッシュの言葉を訂正したくなった。監視員が必要なのは彼女のほうだ。「ランチを出すのを少し遅らせてくれないか？　彼女も来ることになっているんだ」

もちろんカーラ抜きのランチも可能だった。彼女にテーブルについてもらう必要はない。問題は彼女との約束だ。エイダンは約束を守る男だった。そして他人にも同じことを期待した。

カーラは天にも昇る心地だった。その日は市が立ち、島のあちこちからやってきた人たちが覆いをかけた台の上に品物を並べていた。小学校を見まわって観察ノートを書き終えたカーラは、台のあいだを縫って歩きたいという誘惑に抵抗できなかった。彼女のあとにはぞろぞろと学校の子供たちがついてきて、おしゃべりをしたり彼女と手をつないだりしている。

カーラはエイダンにノートを渡すのが待ちきれなかった。彼の言うように、自分がただのお人形さん《ドール・フェイス》ではないと証明したかったのだ。

カーラは笑顔で華やかな腰巻き布《サロン》を手に取った。

「一枚どうだい？」

髪の縮れた落ち着いた雰囲気の年配女性に声をかけられ、カーラはいつの間にか自分が手の中の布を品定めしていたのに気づいた。かなり上等だ。

「ええ、いいわね」カーラは斜め掛けにしていた小さな革のバッグに手を突っこんだ。このサロンの色なら、シーラの瞳にぴったりだ。「布の色と織りが本当にきれい」

「娘のジェニーがつくったの」女性は誇らしそうにほほ笑んだ。

カーラも笑みを返した。誰もが気さくなのが驚きだった。みんな、なんて話し好きなのだろう。

プリンス・エイダンの話題になると特に。彼らの目には、その男性が間違ったことをするはずはないと映っているようだった。そしてカーラも、エイダンがリゾートによって得た利益の八十パーセントを地元に還元していると知り、深い感銘を受けたことを認めないわけにいかなかった。この男性が、数日前の夜にはマーティン・エラリーを破滅させることに慈悲のひとかけらも見せなかった大金持ちの実業家だなんて、とても信じられない。

不意に、カーラはマーティン・エラリーについて話すエイダンの目に苦悩がひらめくのを見た気がしたことを思い出した。二人の男性が互いに抱く敵意が遠い昔に根ざしているのはわかったが、それがきわどい問題であることも明らかだった。というのも、彼女はエイダンにそのことを二度尋ねたが、苦労の甲斐《かい》なく、二度とも即座にその話題を打ち切られてしまったからだ。エイダンが心を開いてくれるのを期待したわけではない。なんと言っても、彼にとって私は見ず知らずの他人だ。でも……私は彼にキスされた。体にも触れられている。

エイダン・ケリーに惹《ひ》かれたことで、私がいつも短期間の関係にしか興味のない男性に惹かれるという姉の理論が証明されてしまった。

彼のことは友人として考えたほうがいい。そして、とてつもないハンサムであることは忘れるのよ。私たちが出会ったのは偶然で、あさってには別々の道を行くんだから。

　年配の女性はまだおしゃべりをしていて、カーラは会話の流れを完全に見失っていることに気づき、再び調子を合わせた。

「ジェニーはフィジー産の黒真珠でも作品をつくっているんだ。見てみるかい？」

「ええ、ぜひ」

　女性は台の下に手を伸ばして、使いこんだ大きな金属の箱を引っ張り出した。彼女がそれを開けるや、カーラは息をのんだ。ベルベットで裏打ちされた内部には、あらゆるサイズと色調の黒真珠が並べてある。そのほとんどは、つややかな真珠を引き立てるには最高の細い革ひもで丁寧につないであった。

「すごいわ。とってもすてき。触ってもいい？」

「もちろん。ジェニーが来るまではと思って、出さずにいたんだ」

　カーラは手を伸ばし、箱から三粒の真珠を並べたブレスレットを取り出した。真珠は細い革ひもに小さな結び目をつくって、ひと粒ずつ離してある。

　服とアクセサリーが互いの魅力を引き出すコーディネートを考えるのがカーラは大好きだった。将来は店を持つことも考えている。一般受けのする服とビンテージもののアクセサリーを扱う店だ。

「ジェニーはこういったものを世界的なマーケットで売るつもりはあるかしら？」

「まさか、そんな。あの子はミスター・ケリーのおかげでオーストラリアの学校を卒業したばかりだし……あら、いらっしゃったわ」

　カーラは肩越しに振り返り、エイダンがぐんぐん近づいてくるのを見た。どうやら機嫌はよくなさそうだ。

「ミスター・ケリー、こんにちは《ブラ》」

「ブラ、エスター。元気かい？」

「あなたよりはね」年配の女性は声をあげて笑い、

エイダンのキスに頬を向けた。「あなたは暑そうだし、忙しそう。もっとのんびりしなくちゃだめよ、ミスター・ケリー」

「僕が来るたびにそう言うんだな」

「だっていつもそうなんだもの」女性は大げさにため息をついた。「あたしの知り合いでフィジー時間を受け入れていないのはあなたくらいですよ」

「フィジー時間？」カーラはきいた。

「ここは地元の人たちのペースで動いている」エイダンは短く笑って答えた。「オーストラリアではそれを〝ゆっくり〟と言う」

「みんなそのためにここへ来るんじゃないの？ のんびりとリラックスして過ごすために。人生は楽しむものよ」エスターは教え諭した。

エイダンの焼けつくようなまなざしがカーラの視線をとらえた。「それを人よりうまくやってのける者もいる。きみは何か忘れていないか？」

「何って――ああ、いけない。ランチに誘われていたんだった」

「二十分前に始めるはずだった」

「ごめんなさい」カーラはきれいな真珠のブレスレットを元に戻した。「ありがとう、エスター。娘さんに、あなたは天才だって伝えて」

エスターは身を乗り出してカーラの腕に手を置いた。「男の人って女が買い物をするのが好きじゃないの。でも、彼は大丈夫よ」

カーラにはとてもそうは思えなかった。柔らかな砂地を大股で横切るエイダンに追いつくには、こちらも思いきり脚を伸ばさなければならない。彼は海岸に打ち寄せるクリスタルのように透明な波には目もくれなかった。彼を待たせたと思うと最悪の気分になり、またも自分がへまをしたのだとわかる。

「ごめんなさい、私……」

彼の厳しい顔にカーラは思わず立ち止まった。昨夜の冗談まじりの軽い言葉が、いまは影も形も見えない。「その言葉はもう言わないはずだ」

「取り返しのつかないことをしたときは別よ。あなたが本当に気分を害しているのがわかるもの」

「僕は人が義務を果たすべきときは、きちんとそれを守ってほしいと思っている。きみには自分の義務より買い物が大事なのは明らかだな」


エイダンはカーラがひっぱたかれでもしたように身を硬くしたのを見て、いちばん近くにあるボクシングジムを探したくなった。たぶん、あとでディネッシュが二、三ラウンドつき合って、鬱積したエネルギーの発散に手を貸してくれるだろう。

自分が過剰反応を示していることは頭のどこかでわかっていて、エイダンは大股で歩きながら二人が踏みしめた砂がきゅっきゅっと鳴る音をぼんやりと聞いていた。傍らのカーラは黙りこくっている。


彼は立ち止まり、カーラをパームツリーの木陰に引っ張りこんだ。背後に聞こえるゆったりしたリズムの波の音が、自分の不機嫌をあざ笑っているようだ。「くそっ。どうしてきみはこんなふうに僕を振りまわすんだ？」

カーラは彼と目を合わせずに答えた。「それは、あなたが私の最悪の部分を考えたがるからよ。それに、あなたの言うとおりだわ。時間を忘れてしまうのは、私の出来が悪いから」

「まあ、ときにはそういうこともある」エイダンは大目に見てやりながら、いぶかった。僕の脳の理性をつかさどる部分で何が起きているんだ？

カーラは陰気な笑みを浮かべた。「あなたにはそんなことないでしょう」

エイダンはさっきの会議で自分のしたこと、あるいは何もしなかったことを思った。自分に何が起きているのかよくわからないんだと彼女に言いたかった。しかし……。

カーラはごくりと唾をのんだ。エイダンの目が彼女の丸みを帯びたなめらかな喉に落ち、さらに胸の上で結んだ明るい色のサロンへと下がる。すべてを隠していながら、その実、何も隠していない。彼は真ん中で慎重に結んである結び目をほどきたくて指がうずうずした。

熱い風がカーラの短い髪を揺らす。

「今度はその髪に何をしたんだい？」

思いもかけなかった質問に彼女は手を上げ、小さな三つ編みの列に指で触れた。「私が学校について記したノートをまとめるあいだ、女の子たちが二人で編んでくれたの。それはそうと、はい、これ」

エイダンはきっちり折り畳んだ二枚のメモ用紙を受け取り、ポケットにしまった。カーラは島の人たちと親交を深めていて時間に遅れただけなのに、なぜ僕はかりかりしているんだ？

そう、僕は彼女が海辺に寝そべって、ずうずうしいサーファーどもを喜ばせていると思っていた。そう、それが理由だ。

エイダンはやれやれとばかりに頭を振った。しっかりしろ。カーラを見ていると、なぜか母を思い出す。あるいは、母が出ていったときの感情を呼び覚まされた。むなしさと……悲しさを。感情は人を弱らせ、破滅させる。感情が父にどれほどの悪影響を及ぼしたかを知ったからには、二度とそんなものにとらわれたくなかった。

「エイダン？」

優しく問いかけるカーラに、エイダンは彼女のつややかなグレーの瞳に視線を戻した。

グレー？

「こっちを見てくれ」

彼女は従った。

昨日カーラが映画スターの誰かに合わせたと話し

ていたのを思い出し、いまの彼女の目の色が生来のものではないと本能的にわかった。「今日の目は誰に合わせたんだ？」

「アイシュワリヤー・ラーイよ」

「誰だ、それは？」

「最高にすてきな目をした才能豊かなインド人の女優」

エイダンはかぶりを振った。「ありのままの自分でいることのどこがいけないんだ、カーラ？」

彼女は赤いペディキュアを施した爪先に柔らかな白い砂を薄くかけた。「そんなこと、私に望んでいないくせに。とっても退屈よ」

カーラが本心からそう思っていることがわかると、エイダンは彼女をパームツリーの幹に押しつけて、彼女が退屈な女ではないと教えこみたくなった。

すると、なぜかその思いを読んだかのようにカーラはエイダンを追い越していったが、その動きは唐突でぎこちなく、案の定、彼女はつまずいた。エイダンはすばやくカーラの胴に腕をまわしたが、その拍子に小ぶりな胸のふくらみに親指を押しこんだ格好になった。

熱く強烈な欲望に腹を殴られ、エイダンは自分の大きな両手のあいだにある彼女のしなやかな体の感触を楽しんだ。頭ひとつ分ほど背の高い彼を、カーラがのけぞって見上げた。その動作で、彼女の首筋とサロンに包まれた胸の深い谷間があらわになった。喉もとの脈はエイダンの脈と同じく、早鐘を打っていた。

カーラの熱に包まれて、エイダンは彼女の匂いのとりこになった。キスをしたくてたまらず、彼は無意識に片手を彼女の頭の後ろへ動かしていた。

そのとき、鋭い汽笛が三度鳴った。一日に二回、島へやってくるフェリーの汽笛だ。

魔法が解けるにはそれで充分だった。エイダンは体を引き、もう少しで彼女にキスをする衝動に屈しかけた自分にショックを受けた。

こんなばかな。

僕はカーラのことばかり考えすぎている。エイダンは気に入らなかった。分類できないものは嫌いなのに、彼女は僕がおさめようとする分類ボックスからことごとく逸脱する。

エイダンはあとずさった。分類不能だ。髪に手を差し入れ、呼吸を整える。「ランチのために着替えるのにどれくらいかかる?」

カーラの顔に驚きが表れた。「まだ私をランチに呼んでくれるの?」

もう完璧に抑制できていると自分に言い聞かせ、エイダンは腕時計を見た。「もう食べたのか?」

「いいえ。でも――」

「なら、どれくらいかかる?」

10

「どうしてピンクなの?」ケイトは満面に笑みをたたえて屋外の大きなダイニングテーブルに身を乗り出し、真っ青な海と遠くの島々が織りなす絵のような風景からカーラへと視線を戻した。

カーラはレストランに来る途中でエージェントからかかってきた電話について、自分がどう感じているかを整理していた。世間から一目置かれるエイダン・ケリーとカーラが新たな関係を結んだことに感銘を受けたのは、どうやらクリストスだけではないらしい。〈デマルシェ〉との契約が再び目の前の台にのせられたのだから。

〝もともとはあなたがこのあいだまでつき合ってた

アメリカ人の恋人と行くものだったのよ〃ハリエットは説明した。〃今度の日曜の夜、エイダンと二人で新製品の発表会に行きなさい。あなたの素質をたっぷり見せつけるのよ。そうすれば先方は、その夜のうちに決定を下すわ〃

初めは、人が大勢いる部屋をぐるぐる歩かされるなんて侮辱もいいところだと思った。その間、企業のお偉いさんたちは椅子にふんぞり返って彼女を品定めするのだ。でも、よく考えればモデル業というのは競争だし、仕事が欲しいならプライドを捨てるしかない。

ありがたいことにエイダンのほうが状況を理解しているようだが、それでもカーラは彼に煩わしい思いはさせたくなかった。

そのとき、あることに気づいてカーラはとまどった。どんなに難しくても、エイダンは私の人生を通り過ぎる男性たちのひとりにすぎないというふりをしようと努めてきた。けれど、それが事実でないことは自分でもどこかでわかっていたのだ。

近くのインフィニティプールで水しぶきの上がる音がして、カーラはケイトに注意を戻した。

「何が言いたいかというとね、その髪の色、私は好きよ」ケイトは続けた。「自分でする勇気はないけれど」

「いわゆる〃勢い〃って感じだったの」カーラは認めた。彼女の人生においてはたいていのことがそうだった。つまり、完全なる無計画。

「ときにはそれが最良の結論になるのよ」ケイトはリネンのテーブルクロスに肘をついた。「〃勢い〃って言えば、あなたとエイダンの出会いについて、ぜひとも伺いたいわ」

カーラは口を開いたり閉じたりして、どう話そうかと頭をフル回転させた。「それは……」愚かにも、この島でこの手の質問をする人がいるとは思わなかった。完全に不意を突かれた形だった。

「あら、困らせちゃったみたいね」ケイトは顔をしかめた。「無作法を許してね。うちは子供がまだ小さいから、はっきり言って毎日が退屈なのよ」

ケイトとベンの娘に対する愛情を見ていたカーラは、その言葉が信じられなかった。「母親でいるのがいやなの？」

ひどく驚いたようにケイトは目を見開いた。「まさか」笑い声をあげる。「どうも間違った印象を与えてしまったみたいね。母親であることは大好きよ。そうじゃなくて、私はとことん好奇心が強いの。あんなにペースを乱されているエイダンは初めて見るし、あなたと彼はこれから固い友情で結ばれそう」ケイトは声をひそめて続けた。「あなたたちの出会いは、本当にエイダンがポーカーであなたを賭けたときだったの？」彼女は身を震わせた。「新聞がいかにも下卑た書き方をしたのは知っているわ。でも、私はひそかにその話がすごくロマンティックだと思ったの」

だとしたら、どんなにいいか。

でも、ケイトに本当のことを話せば、エイダンがランチのときずっと断りもなく私のグラスに水をつぎ足したり、トイレに行っているあいだに私の好みのコーヒーを注文したりしているのが見せかけでしかないと知られてしまう。

男性ばかりの小さなグループで話しこんでいるエイダンをちらりと見て、上等なスーツを着こなす長身でセクシーな彼にカーラはたちまち魅了された。たくましい腿と肩幅の広さが、スーツによって強調されている。服を脱いだ彼はどんなかしらと一瞬考え、息が苦しくなった。

さっき外でキスしそうになったときのことが、急によみがえった。自分を見つめるエイダンのまなざしが。一瞬、彼も私を求めていると感じ、カーラは二人の社会的立場の違いを忘れた。一度ベッドをともにしたら、彼は二度と私を求めてはこないということも。

カーラの視線を感じたかのようにエイダンが彼女のほうに目を向け、大丈夫かというようにほんの少し顎を上げた。カーラは盗みの現場でも見つかったかのように顔が赤くなったのがわかり、ケイトにできるかぎり真実に近い話をしようと決めた。

「いいえ、実際にはそのときに出会ったわけじゃないの」ゆっくりとケイトに言う。「出会いと言えるのは、空港で彼と正面衝突したときよ」

ケイトがテーブルについた肘に寄りかかり、好奇心もあらわに先を促した。「話して」

「そんなに刺激的な話じゃないのよ。私はバッグの中の携帯を取り出そうとしているうちにエイダンとぶつかってサンダルが壊れたの」

「そして彼はあなたを助けた」

「そう。私たちは、ええと、話したわ」エイダンは私を娼婦《しょうふ》だと思いこみ、私のほうは彼を怖いと思った。「それで、彼は町まで車で送ってくれた」みたいな。「そこが始まりだったかしら……」

ケイトはチークのダイニングチェアの背にもたれ、ため息をついた。「すごくロマンティックね。私とベンも偶然の出会いだったのよ。彼は私が通っていた大学の外部講師で、私は講義に出ないことにしていたのに土壇場で気が変わったの。私たちもひと目《め》惚《ぼ》れだったわ」

「あら、私とエイダンはひと目惚れじゃないわ」カーラは早口に訂正した。

ケイトが彼女の手に触れた。「あなたたちがお互いに夢中なのは見え見えよ」

思いがけない言葉に困惑したものの、ケイトがエイダンよりもカーラのことを言っているのはわかっていた。そこへちょうどケイトの子供がふらふらとやってきたので、カーラはほっとして笑顔になった。子供のアイスクリームだらけの手が、いまにも母親のブランド物のスカートに触れそうだ。

ケイトはカーラに注意される前に子供の両手をつかんで掲げ、もう一方の手で娘をくすぐった。「困った子。こういうことはパパのところへ行ってしなさい」

「パパ、お仕事」

「そうね」ケイトはカーラに共犯めいた一瞥《いちべつ》をくれた。「じゃあ、エイダンおじさんのところへ行きなさい。彼はいつもべたべたの手をした名づけ子でも、喜んで相手になってくれるの。ほら、おじさんのところへ行って、その手を見せていらっしゃい」

ケイトはカーラにいたずらっぽく笑いかけた。そして二人はピンクの水玉のドレスを着た小さな女の子がよちよちとエイダンのところへ行き、彼のジャケットを引っ張るさまを見ていた。

カーラはその光景に魅了され、エイダンがどんな反応を示すだろうと熱心に見守っていると、ちらりと下を見た彼はすぐに少女を抱き上げた。彼のジャケットが大惨事に見舞われたのは明らかだ。ベンがそっと肘でつつくと、エイダンは肩のまわりになすりつけられたアイスクリームを見下ろした。ベンが近くのテーブルからナプキンを取ってきて少女の手を拭く。そして、男性二人が怒るどころかにやりと笑ったのを見て、カーラの心臓は肋骨《ろっこつ》にぶつかるほど大きく跳ねた。

そんな光景を見てしまうと、ああいう男性と子供を持つのはどんなだろうと想像せずにはいられなかった。

少女はエイダンと同じキャラメル色の髪で、彼の娘と言っても通りそうだ。隣でケイトがくすくす笑うのが聞こえ、ベンを見やると、ちょうど妻に〝あとで見てろよ〟という顔をしたところだった。

これこそ本物の愛だわ。カーラは胸がいっぱいになった。

エマがもがいてエイダンの腕から逃れ、転がるように母親のもとに走ってくる。ケイトは娘をさっと抱き上げ、柔らかな頬にキスの雨を降らせた。

カーラにとって、家族というのは両親とは無縁のものだった。存在するのはきょうだいだけだ。カーラが泣いてばかりいるせいで次々と子守《ナニー》が辞めていったとき、食事を与え、おむつを替えてくれたのはルシーラとアントニオだった。

〈泥棒と警官〉のゲームでチャッツフィールド邸の横を逃げる双子の兄たちを追いかけて転んだときは、オルシーノが肘と膝に救急絆創膏《ばんそうこう》を貼ってくれた。芸術課程を取っているときに手伝ってくれたのはルッカ。寄宿学校から帰省した十四歳のカーラの口からたばこを引き抜き、今度またたばこを吸っているところを見かけたら、気絶するまでお仕置きだぞと言ったのはニコロだ。そして、マスコミを避ける方法を教えてくれたのはフランコ――もっとも、その教えがちゃんと身についたとは言えないけれど。

とはいえ、カーラが心の奥でいちばん大事にしている夢の中では、いま目の前にある光景こそが本物の家族だった。どんなにつらいときでも愛し合って切り抜ける男と女、そして、彼らが理屈抜きに慈しむ子供がいる家庭が。

屋外の広いデッキでまばらになったランチ客を楽しませる四人のフィジー人ギタリストは最高だった。エイダンは、エマが伸び上がってカーラの手を取り、またダンスフロアで目がまわるほど回転させてもらおうとするのを、腕組みをして見ていた。

「彼女、いいね」ベンが言った。「最初に思っていた人物とは違っていたよ。だけど、こんなことを言ったからって僕を殴るなよ」

エイダンはベンを一瞥した。「なぜ殴るんだ？」

ベンは肩をすくめた。「ケイトをばかにするやつがいたら、どんな男であれ、僕は殴る」

エイダンは答えたくなかった。自分もやはり同じ反応を示すと思ったからだ。

カーラが彼のリムジンを横取りし、ポーカーで賭けの対象に利用されることをあえて許したと話したら、ベンはいったいどう思うだろう。エイダンは、そういったもろもろすべてのことを、いまはもう自分が気にしていないことに気づいた。

代わりに、彼女が島民と気安く接したり、小学生が彼女の髪を編んだことにまで文句をつけている。ほんのり輝く彼女の顔を見ていると、このあいだの晩、腕の中にいたときの美しく上気したカーラの顔を思い出した。

くそっ。エイダンは手で髪を梳《す》き、最近いらいらしているのは性的な欲求不満が原因だと認めた。触れると、ぴくりと震えた体を。

カーラのダンスを見ていてもその問題がなくなるわけではないので、彼女に背を向けてポケットに手を突っこんだ。すると、カーラが学校建設について丁寧な文字で記したメモが手に当たり、それを引っ張り出した。さっきはぞんざいな一瞥をくれただけでポケットに入れたが、いまはそれを後ろめたく思っていた。重要性の低いくだらない用だったが、彼女がこれほど真剣に取り組むとは思わなかったのだ。

そんな彼の胸中を察したかのようにベンが声をかけてきて、エイダンの思考が途切れた。

「さっきカーラを校舎の点検に行かせたとケイトに聞いたが、来週、検査官が来るのはおまえも知っているはずだよな」

「ああ、わかっている。彼女にうろちょろされないように何かさせたいと思っただけだ」

間の悪いことに、その瞬間を狙ったようにギタリストが演奏を終え、エイダンは背後で小さく息をのむ音を聞いた。誰が来たのかすぐにわかった。どうやら話を聞かれたようだ。

ゆっくり振り向くと、カーラが傷ついた表情を急いで隠そうとしているところで、エイダンは自分が地上で最も下等な生き物になった気がした。

「失礼、私はもう……」カーラはしだいに小さくなる声で言いかけ、それからくるりと体をまわして足早にテラスを横切っていった。

ベンが気の毒そうな顔をした。「今夜は犬小屋で寝るんだな、マイ・フレンド」

おそらくそれが僕にいちばんふさわしい場所だろう。エイダンは心の中で認めた。

カーラが保養地と浜を隔てるゴムの木の茂みを曲がって姿が見えなくなると、エイダンは内心の動揺を代弁する大きなため息をついた。

頭の一部は急いで彼女のあとを追いかけるよう促していたが、もっと良識のある部分はやめておけと警告した。いまのおまえは自分を見失っている。カーラとのあいだに距離をおいたほうがいい。いまあとを追えば、完全に間違ったメッセージを彼女に送ることになる。実際以上に彼女が大事な存在であると感じさせてしまうかもしれない、と。

それでなくても、すでに彼女に近づきすぎているのだ。それがわかるからこそ、エイダンは自分を抑えた。動揺するのは葛藤の表れだ。カーラのあとを追いたいなどと思いたくなかった。こんなにも強く彼女を求めたくなかった。自分の人生に秩序を取り戻したかった。

整然さと意志を。

ピンクの髪と長い脚を持つ女性はそんなものをもたらしてはくれない。彼女がもたらすのは情熱であり、混乱であり、弱さの表れにほかならない感情だ。どんなに一生懸命になっても、彼女への強い欲望に対する筋の通った根拠は見いだせないかもしれない。

なぜなら、そんなものは存在しないからだ。

それとも、あるのか？

カーラのことは禁断の果実にしたんじゃなかったのか？　立ち入り禁止区域に。僕は常に挑戦を生きがいにしてきた。そして、彼女とのあいだに横たわるもの、夏の湖にいる蚊のように煩わしいものは無視しようと決め、間違いなくそれに挑んできた。そうだろう？

エイダンはにやりとした。安堵感《あんどかん》があふれ、長々と息を吐き出す。再び気持ちが静まり、心が軽くなるのを感じて、肩から力が抜けた。筋肉の痛みはない。彼の笑みがさらに広がった。ついに、また自分を、抑制を取り戻したのだ。

あと一日でおさらばだ。カーラは彼女の世界に帰り、僕は自分の世界に帰る。人生を再び落ち着かせるのは早いに越したことはない。

11

「なぜ荷造りをしているんだ？」

カーラはネグリジェをスーツケースに投げこみ、いまにもこぼれ落ちそうな怒りの涙をこらえた。エイダンが部屋に入ってくる音など聞こえなかったし、彼なんかいないというふりをしたかった。

生まれてからずっと拒絶されてばかりだったのに、なぜか今回がいちばんこたえ、そのことに気づいたときにはショックを受けた。たぶん、ランチのときにすてきな時間を過ごしたからだろう。エイダンの優しげな態度にまた心を奪われてしまった。

演技よ。カーラはきっぱりと決めつけた。彼は友だちの手前、そうしていただけ。

ばかだったわ。彼に気を許したりして。一瞬、エイダンを好きにさえなったのに。

いいえ。カーラは自ら訂正した。私は彼の体が好きだったの。だって、ほかにどんな理由があるというの？　空港で壊れたサンダルに五十ドルしか渡そうとしなかった傲慢な男なのに。ホテルの部屋で私にストリップをさせようとしたのと同じ男が、そのあとあんなにも優しく私を抱きしめて、それからキスを……。

もうたくさん。

エイダン・ケリーとのキスなんて二度と考えたくない。

それに、私たちのあいだにもっと何かが起こる前に、彼がいかに私を軽視していたかわかったのだから、喜んでいいはずでしょう？

最初の予定どおり、ロサンゼルスのエージェントの家に身を隠すべきだった。私が出ていくのを見れば、エイダンだって喜ぶに決まっている。私に対する彼のちぐはぐなふるまいは、あの言葉ですべて説明がつく。

〝彼女にうろちょろされないように何かさせようと思っただけだ〟

エイダンもクリストスも同じ。彼と私の父も。父が私に何かさせようとしたということではない。むしろ父は私を寄宿学校に入れ、休暇中は使用人しかいないチャッツフィールド邸に置き去りにした。

もちろん何年かはきょうだいたちがいてくれたけれど、彼らが長じてそれぞれの生活を持つようになると、自分のことで彼らを煩わせるのは気が引けた。

カーラはランチのときのケイトと彼女の小さな娘のことを思い出した。ケイトがエマを抱き上げ、娘が笑い崩れるまでキスをしていた光景を。

まぶたの裏に涙がこみ上げ、母はいまどこにいて何をしているのだろうとカーラは思いを巡らせた。

子供たちを置いて出ていったとき、母はまだ若かった。いまはほかの家族がいるのだろうか。私よりもかわいがっているほかの子供が？

「ききたいことがあったんだ」

エイダンのぶっきらぼうな声に物思いを遮られながらも、カーラは頑《かたく》なに荷造りを続けた。「あっちへ行って」エイダンは私を求めていない。好きですらない。ベンに話していたときの敬意のなさから、それは明らかだ。「うちへ帰るわ」

「〝うち〟は最悪の場所だって言っていたはずだ」

「いまはここがそうだとわかったの」

「きみを傷つけたことは謝る」

カーラは肩をすくめて鼻を鳴らした。「あなたがそれに気づいたなんて驚きだわ」

「気づいたさ」

「おめでとう」

「カーラ、ここにいてほしい」

声に込められた誠実さに驚き、カーラはエイダンのほうを向いた。彼は両手を深くポケットに突っこみ……途方にくれているように見えた。

「どうして？」

「きみに数日間の息抜きを約束したのに、ちっとも息抜きになっていなかったと思うからだ」

「そして、あなたはいつも約束を守る」

それは質問ではなかったが、エイダンはとにかく返事をした。「そうだ」

カーラは首を横に振った。「あなたといるとみじめな気分になるの。クリストスといるとき以上に」

「すまない」

「その言葉は私たちのあいだで使われすぎね」

「そうだな」エイダンは落ち着かなげに足を踏みかえた。「きみに関する問題とどう向き合うべきか考えていなかったんだ」

「そうよ！　私がどんな気持ちだったと思う？　ケ

イトにはあなたとのあいだにあるものは真実だって話したのに。彼女は私を大嘘《おおうそ》つきか、完全な勘違い女だと思うでしょうね」

「なぜ、そんな話を？」

「だってあなたは言ったじゃない。パートナーとしてふさわしいふるまいをしろって……もういいわ」

私ったら、本当にばかだった。

カーラの荷造りが半分終わっていることに困惑し、エイダンは途方にくれた。「ベンに言ったことは本気じゃなかったんだ」彼女が自分のほうを見てくれないので、エイダンは深く息を吸った。「思いやりに欠けた言葉だった」

「でも、本心でしょう」

エイダンは目を閉じた。「どうしても知りたいなら言うが、きみを学校へ行かせたのは一日じゅうひとりでぶらぶら海辺にいてほしくなかったからだ」

あのセクシーなタトゥーを見たあとはとりわけ。

カーラはようやく彼を見た。その目には涙が光っていた。「海辺でぶらぶらして何がいけないの？　ここにはパパラッチはいないって自分で言ったでしょう。それに――」

「いないよ」エイダンは歯を食いしばった。「あのビキニを見たら、島じゅうのサーファーがきみに言い寄るんじゃないかと気が気じゃなかったんだ」

「どうして気が気じゃなくなるの？」

正直に認めようか。なぜかきみが気になって、きみが手の届く距離にいるといつも触れたくてたまらなくなる、と。

エイダンは五秒ほど考え、結局、違う答えを口にした。安全な答えを。

「きみは僕のお客さんだから、僕はきみに対して責任を負っている」

カーラはちょっと彼と目を合わせ、すぐさまスーツケースのほうを向いて荷造りを再開した。

エイダンは天に向かって両手を振り上げたくなった。いったいなんと言ってほしかったんだ？　きみを守りたいとでも？　きみの面倒を見たい？　焼きもちを焼いていた？「いいか、僕はいま本来の自分ではないんだ」うなるように言う。

「どうして？」

エイダンは深く息を吸った。「その話はしたくない。だが――」

「マーティン・エラリーね？　ランチのとき、ベンが彼の話をしたら、あなたの表情が変わったわ」

エイダンの顔色が一変した。マーティン・エラリーがオーストラリアン《A》・フットボール《F》・リーグ《L》のテレビ放映権をエイダンと争うと宣言したというニュースに対し、エイダンは完全に反応を隠しおおせたと思っていた。ＡＦＬはオーストラリアで最大の放映契約で、エラリーが十四年前に父から奪わなかった大事な宝物だ。

「エラリーなど眼中にない」エイダンはぞんざいに言い放った。

その言葉をまったく信じない様子でカーラがそっぽを向くと、エイダンはついに両手を振り上げた。

カーラがいちばん大きなスーツケースを閉め、別な荷造りに取りかかるのを見ながら、エイダンは呼吸を整えた。

「学校についてきみがまとめたメモを読んだ」

カーラは動きを止め、それから小さいほうのスーツケースを閉めた。「やめて。あなたの感想なんか聞きたくないわ」

エイダンは彼女の肩をつかんで自分のほうを向かせた。「とてもよく書けている」

カーラは肩をすくめて彼の手から逃れ、窓辺へ行った。「そんなこと言わなくていいのよ。あなたがプロの検査官を行かせるつもりだったのは知っているんだから」

「僕は心にもないことは言わない。きみはマネージャーが教師の給料をけちっていたことに気づいただけでなく、子供たちにもっと多くの美術用品や最新の本が必要だと指摘した。それに、マネージャーが建設用地を縮小しようとしていることもね」

カーラは眉をひそめた。「なぜそんなことをするのかしら。子供たちのためにならないのに」

「彼は野心家だから、すべてを予算内におさめることで僕の歓心を買おうとしたんだ」

カーラはしかめっ面をした。「なるほどね」

「僕はリゾートからの利益を期待しているが、そんな方法で人々を苦しめたくはないと彼を諭した」

「まあ、それは……いいことだわ」

「僕は人食い鬼じゃないんだ、カーラ」だったら、どうしていま自分がそうであるような気がするのだろう。「頼む、ここにとどまってくれ」

カーラは急に寒さを覚えたかのように両腕で我が身をかき抱いた。「わからないわ。それがいい考えとも思えないし」そう言って、窓の向こうのまばゆく光る海を眺める。「自分がいま何を求めているのかわからないの」

エイダンは彼女に一歩近づいた。「欲しいと思えば、なんでも手に入る」

カーラが振り返った。その顔に浮かぶ傷つきやすい表情にエイダンは凍りついた。

「あなたはそうかもしれないけれど、私の世界ではそうはいかないの。先週末の出来事のせいで、私がなんとしても欲しかった契約は撤回されたも同然だわ。世間の人はいつも私を審査し、私の不適切な部分を探している。実際、彼らは正しいの。母でさえ私には我慢ならなかったんだから」

エイダンは彼女の声に喪失感を聞き取り、眉をひそめた。「なんと言われたんだ？」

「直接にではないの。私が思い出せる母の声はビデオに残っているものだけだから」

「ビデオ?」

「あなたって本当にゴシップ記事を読まないのね。母は私が赤ん坊のときに出ていったのよ」

これはカーラにとってひどく厄介な領域らしいと気づき、エイダンは慎重に尋ねた。「どうして?」

「私は扱いにくい子だったの」

エイダンは眉根を寄せた。「僕の知るかぎり、母親というものは子供が扱いにくいからといって家を出たりはしない」

「私は特にひどかったの。泣いてばかりで、なかなか眠らなくて……」

エイダンはカーラの両親が離婚したころの報道をいくらか思い出した。まだ幼かったからぼんやりとではあるが、酒と女と事業の失敗が破綻の原因だと噂《うわさ》されていたのを覚えている。いずれにしてもカーラの落ち度ではない。「お母さんが出ていったことで、あまり自分を責めてはいけない」

「いいえ。母は産後鬱病を患っていたの。父と母がトラブルを抱えていたことも知っている」

カーラの生々しい苦悩が深く胸に突き刺さり、エイダンは彼女の隣に移動した。「カーラ、お母さんはきみのせいで出ていったわけじゃない」

「それはわかっているって、言ったでしょう」カーラはエイダンを撃退するかのようにさっと両手を上げた。「母は別な人生を求め、そこに私の居場所はなかった。けっこうな話だわ」

何がけっこうなものか。エイダンは手を伸ばしてカーラの顎をそっと持ち上げ、自分の顔を見るよう仕向けた。「きみのせいで出ていったんじゃない」

カーラはエイダンの手をはたき落とし、部屋を横切った。「あなたにはわからないのよ。私がもっといい子だったら、もっとかわいかったら……」

「もっと頭がよかったら、もっと強かったら。もしも地球が四角だったら……」エイダンは彼女の顔に無数の感情が次々とよぎるのを見た。苦悩、絶望、喪失……希望?「ちっとも論理的じゃない。お母さんはきみ以外に六人の子供を産んだ大人の女性だ。彼女が去った理由は、本人以外の誰も知らない」

「でも、もし私が原因じゃないとしたら、なぜ父まで私に我慢がならないの?」カーラは挑むように尋ねた。「なぜ私を見ようとしないの? ええ、その答えは知っているわ。私が母に似ているからよ。そして父は家を出ていった母が許せなかった」

カーラは本当に傷つくと自分の殻に閉じこもる。そうやって身を隠そうとしているのだ、とエイダンは気づいた。自分勝手な両親を持った幼い女の子にとっては、それが自分を守る手立てだったのだろう。

「父を愛していたわ」彼にはほとんど聞き取れない声でカーラは言った。「いまでも愛している」

エイダンは二歩でカーラのところまで行き、腕に引き寄せた。彼女は一瞬、身を硬くしたが、すぐに彼の首に顔をうずめた。

「私、もう泣かないから」

「いいんだ、スウィートハート。大丈夫だ」カーラの口から嗚咽《おえつ》がもれるや、エイダンは頭を下げてキスをした。それは世界でいちばん自然な行為のように思えた。「いいんだよ」

〝いいんだよ、いいんだよ、いいんだよ〟

エイダンの優しい言葉が、制御不能に陥った回転木馬のようにカーラの頭の中で猛スピードでぐるぐるとまわっていた。まじり合った感情の塊が胸の中で大きくなり、いまにものみこまれそうで、気分が悪くなる。

うかつにもエイダンは、カーラの最大の恐怖を呼び覚ましたのだ。誰かに内面を見られたとたんに生じる恐怖を。本当の自分を見られたくなくてカーラは外見を変え、人が何を考えようと気にしないふりをすれば楽になることを知った。それがいまエイダンに抱かれ、キスをされて、自分が特別な存在になった気になっている。カーラは彼に触れられるのが耐えられなかった。自分が決して求めてはならないとわかっているものを、いやでも求めてしまうから。

「エイダン？」カーラは震える声で名を呼び、彼の胸に手をついた。「やめて、お願い」

エイダンはゆっくりと顔を上げて彼女を見つめた。カーラは身じろぎもしなかった。動けば自分がばらばらになってしまいそうで怖かった。

「自分のするべきことはわかっている」エイダンはかすれた声で言った。「自分が何をしたいかも。その二つは完全に別物だ」

彼の生々しい告白にカーラの脈は速くなり、顔が熱くなった。押しつけられる唇の柔らかさ、押しつけられる体の力強さ……。エイダンはパートナーを大切にする恋人になる。そういう人に憧れ、つき合ったらどんな気分だろうと想像したこともあった。男女間の本物の化学反応はどんなものなのだろうと。

エイダンが化学反応など感じたくないと思っているのをカーラは知っていた。彼女自身も、彼が自分を傷つける力を持っていることを本能的に知っていた。「ごめんなさい、エイダン。お願いだからやめて……」

その言葉が口から出たのと同時に、カーラは欲望に駆られたときの自分の弱さを知った。もし彼に無理強いされ、もう一度キスをされたら、彼を止められなくなると。

けれど、エイダンはそうしなかった。深く息を吸ってカーラを放すと、きびすを返して立ち去った。

こんなひどい気分は初めて、とカーラは思った。

12

会議は終わった。あとは帰国のジェット機を手配するだけだ。だが、いくつかの理由から、エイダンはそれをしなかった。

たとえこのあとマーティン・エラリーと会うことになる、オーストラリアン《A》・フットボール《F》・リーグ《L》の会議が控えていようとも。

チャンスが訪れたときにエラリーの所有物をすべて奪っておくべきだった。なぜそうしなかったのか、エイダンはいまだにわからなかった。長年の情緒不安が近頃とみにひどくなり、バンガローへの帰り道は沼地をとぼとぼ歩いているような気分だった。

カーラはまだいるだろうか。

昨日の午後、彼女に押しのけられたあとは一度も顔を合わせていなかった。昨夜、カーラは頭痛がすると言って会議のあとのディナーに来なかった。今朝、彼が出かけるときにはまだベッドにいた。

閉会式の途中で、カーラを連れて一緒にシドニーへ帰るというばかげたことを思いついたが、正常な判断力が勝り、その思いつきは却下された。だがいま、もしも彼女がまだいたら、もう二、三日ここにいてくれと持ちかけようと思った。

カーラが今週末まではロンドンに戻る必要がないことは知っていたし、彼女が喉から手が出るほど欲しがっている契約を勝ち取るには、トラブルと無縁でいなければならない。そう考えると、ここは彼女にとって最良の場所といってよかった。

ここに、あるいは僕と一緒にいることが。

最高級のヨットが目に入り、エイダンは最後にヨットに乗ったときのことを思い出した。

友人たちとクルーザーを借りたときは楽しかった。大声で笑い、酒を飲み、なんとダンスまでした！　エイダンはやれやれと頭を振った。もう誰も僕がそんなことをするとは思わない。いまは南国の島でスーツを着るような男だ。同僚や、そのあとベッドをともにする女性をもてなすためでもなければ、普段のディナーには十分もかけない。

僕の人生が、このあらかじめ定められたイベントを繰り返すような人生になったのはいつからだろう。これは健全なのか？　対象を持つことと、その対象に振りまわされることとはまったく異なる。おのずとエイダンの思いはマーティン・エラリーに、長年胸に抱えこんできた復讐《ふくしゅう》へのこだわりに向かった。許しについてのカーラの言葉がよみがえる。彼女も熱気球ほどもある大きな心に、憎しみを積んできたのだろうか。

エイダンの脳裏に、ランチテーブルにいたカーラの姿が浮かんだ。気品に満ち、生まれながらのもてなし上手で、彼女が人好きなのが見て取れた。両親に見捨てられ、心に深い傷を負っているにもかかわらず、人々をありのままに受け入れる。カーラが父親のひとかけらの愛情を切望する幼い女の子だったことを想像すると胸がふさがれ、知らず知らずエイダンは両手を強く握りしめていた。彼女が心に傷を負っていたと思うと耐えられなかった。そして、傷はいまもなお……。

カーラは優しい。いまならわかる。優しすぎるほどだ。そして彼女は愛を求めている。ベンとケイトが分かち合っているような愛を。だが、あの二人は例外だ。普通はああはいかない。愛を間違って選択した男に何が起こったか、僕はこの目でそれを見た。愛は男を盲目にし、弱らせる。

エイダンは自分たちのバンガローへと続く小道の突き当たりで立ち止まった。カーラがデッキで身を乗り出して海を見ていた。彼女の視線の先を追うと、一列になって波を待つサーファーたちがいた。

今日はサーフィンには絶好の日だ。波が大きくて乱れがなく、完璧な樽形《バレル》の波が生じている。エイダンは海へ出たくてうずうずした。

カーラに視線を戻すと、彼女は明るい色のTシャツに軽やかなパンツをはいていた。旅行用の服装だ。海からはやしたてる声が聞こえてまた海辺へと目をやると、完璧な波の空洞《チューブ》へとボトムターンする人影が目に入った。唐突に、エイダンはバンガローへの階段を足どりも軽くのぼっていた。

羽目を外すのよ――そう言って僕をけしかけたのはカーラだ。だったら、見せてやろう。

カーラは突然現れたエイダンに驚いて振り向き、両手を握りしめた。「荷造りがすんだから――」

「僕たちはまだ発《た》たない」エイダンは遮った。

「僕たち？」

「そうだ。まず波に乗ってみようと思う」

「あなたがサーフィンを？」

カーラの驚いた顔を見て、エイダンはもう少しで笑いだすところだった。ここ数日の沈んでいた気分が軽くなった気がする。

「彼らに負けてはいられない」

一時間後、エイダンは生き返ったように元気が出て、全身に勢いよく血が巡るのを感じた。浅瀬から自分のボードを引き上げて浜へ向かう彼の背中から海水が流れ落ちる。

カーラがどこにいるかは正確にわかった。悔しいが、男なら誰だってそうだ。ピンクの髪にゴールドのビキニを着て波打ち際に立つ彼女は、いやでも人目を引いた。エイダンはいくつか崩れかけた波を乗りこなしたが、カーラが彼に向かって手を振ったときは乗りそこねた。

アドレナリンをどっと血管に放出させながら、エイダンは

イダンはゆっくりと彼女に向かって走った。

カーラは彼を見上げてにらみ、両手を腰に当てて脚を開いた。「あなたがあそこで死んじゃうかと思ったわ」

エイダンはにやりとした。「彼らには負けないって言っただろう」

カーラはかぶりを振り、彼に笑みを返した。「おもしろい？」

「一緒に来て、試したらどうだ？」

カーラはぱっと彼の目を見た。「あそこで？」

「いや。あそこの波は大きすぎる」エイダンは首を横に振った。「島の反対側に小さな入り江があるんだ。そこなら危なくない。今日みたいな日なら人もあまり多くないしね。一緒に行くか？」

カーラは小躍りした。「ええ！」

サーフボードから落ちたカーラは、海水をはね散らかして不満げにうなった。これで百回目くらいだ。彼女が沈んでいかないよう、エイダンのたくましい腕が受け止める。

「見た目より難しいものなのね」カーラはうんざりして口をとがらせた。

「押し寄せてくる海と背後の波の音を感じるんだ。無理に立ち上がろうとするな」

「いやよ、立ちたいわ！」今度こそ集中して、サーフパンツのほか何も身につけていないエイダンに気を取られないようにしようとカーラは誓った。

「わかった。だが、かなり強く漕《こ》ぐ必要があるぞ」

私に必要なのは、目を閉じて、昨日の午後エイダンに秘密を打ち明けたのを忘れることだわ。

彼が出ていったあと、カーラは部屋に閉じこもって荷造りを続けた。ディネッシュに電話をして、本土へ行くモーターボートの手配まで頼んだ。みじめな結末から、できるかぎり身を遠ざけたかった。

ただ、単調な海辺の道に沿って長い散歩をしているうち、ここで帰ったら、私はまた逃げ出すことになると気づいた。無計画な逃走だ。なぜなら島を出たとたん、エイダンとの茶番劇は終わるのに、二人がどういうふうに〝別れる〟かはまったく話し合っていないのだから。それに、カーラが現実の生活に戻れば、とたんにマスコミがとどめを刺しに押し寄せるだろう。

物思いにふけっていたカーラは、不意に波に襲われて海に落ちた。自分の上でサーフボードがひっくり返り、白く泡立った波にのみこまれる。カーラが海中で足を蹴り出して海面に顔を出したところで、エイダンがやってきた。

「大丈夫か？」

「ううっ」カーラは濡《ぬ》れた髪を目から払いのけ、顔をしかめた。「海水ってあまりおいしいものじゃないわね」

エイダンが笑った。「そんなんじゃサーファーにはなれないぞ。もう懲りたか？」

なぜか、いまここで一度もボードに立ち上がれずに諦めたら、この先の人生もずっと同じことの繰り返しになる気がした。ちょっと大げさかしらと思いつつも、カーラはとにかく歯を食いしばってサーフボードの側面《レール》を握った。「もう一回」

「すごい執念だな。気に入った」エイダンはボードの位置を直し、彼女が乗りやすいように押さえた。

カーラはボードに体を引き上げて腹這《はらば》いになり、今度こそ成功させるわ、と心に誓った。

「よし、準備はいいぞ」エイダンが隣で声をかける。「波が来た……だめだ、リラックスして波に身を任せるんだ。勢いに乗って。後ろから波にのまれるのを感じたら、アドレナリンを全開にして前方に飛び出す。そう、いまだ、行け！」

ぐいっと押し出されて、カーラは波がボードをとらえたのを感じた。興奮に震えながら膝をついて体を固定し、よろよろと立ち上がる。ボードは一方に揺さぶられ、波には別な方向に引っ張られて、彼女はぴんと張ったロープの上でバランスをとるように両腕を伸ばした。そしてエイダンに教わったスイートスポットを見つけ、フィンが砂地に引きずられるまで、とうとう海岸までボードに乗りつづけた。

大喜びでボードから飛び下り、歓声をあげて、カーラは天に拳を突き上げた。ボードは海岸に向かっていたので、彼女はまわれ右をしてエイダンのところへ駆け戻った。何も考えずに彼の腕に飛びこみ、危うく二人もろともひっくり返るところだった。

「やったわ！　とうとうやったわ！」

カーラは両手足をエイダンの体にまわし、純粋な喜びに体を揺らした。

「サーファーが波を待って何時間も海岸に座っている理由がいまわかった」もはやカーラはおしゃべりを止められなかった。「宙に浮いてるみたいな感じだったわ。なんでもできそうな気がした」

カーラはエイダンが何も言わないのに気づき、それから急に彼の両手がヒップを包んでいるのを意識した。両脚は彼の引き締まった腰にしっかりと巻きついている。

ああ、どうしよう。それにエイダンの体は……興奮している。カーラの柔らかな腹部に、張りつめた欲望のあかしが押しつけられていた。たちまち下半身に熱いうずきが生じ、反射的に両脚がきつく締まると、エイダンのハンサムな顔に苦痛の表情がよぎった。

「ごめんなさい。痛くするつもりはなかったの」

彼女のヒップを包む手に力がこもり、エイダンは歯を食いしばった。「いや……正確に言うと痛かったんじゃない。ただ、じっとしていてくれ。ああ、頼むよ、カーラ。腿を締めつけるな」

カーラは動きを止めた。耳の奥で鳴り響く鼓動の音を聞きながら、自分をきつく抱きしめている男性のこと以外、何も考えられなかった。

二人とも裸に近い格好だということを痛いほど意識し、エイダンの指があとちょっとでも上に動いたら、自分がどれほど気持ちをかきたてられているか知られてしまう、とカーラは思った。小さなビキニの生地を横にずらせば、彼は簡単に指を中に滑りこませることができる。

カーラは抑えきれずに低いうめき声をもらした。昔、〝そんな言葉を使ったらだめよ〟と子守《ナニー》に叱られた言葉をエイダンが言い、彼の唇がカーラの唇をとらえた。寄せつけまいとしてきた渇望が、二人の周囲にうねりとなって押し寄せる。

エイダンは片手をピンクの髪に、もう一方の手は腰のくびれに押し当てて、さらにカーラを駆りたてた。

カーラは差し入れられた温かな舌に身を任せ、肩につかまって、たくましい背中に手を走らせた。口の中でエイダンがもう一度深くうめく。しかし、ビキニパンツの生地の下に彼の指が滑りこむのを感じると、カーラはいっきに正気に返った。

「エイダン！」

彼がすぐに反応しないので、カーラは肩を押しやった。だが、体の奥の潤んだ部分を指で探られ、内部に生じた熱に屈しそうになった。

「エイダン、やめて」彼女は弱々しくあえいだ。

巧みな指が引き抜かれると、カーラは低く切ない声をあげ、彼の首に顔をうずめた。ムスクのような男らしい香りを吸いこみ、体の震えが止まることを願う。

エイダンが頭を下げてカーラの髪に顔をつけ、深く息を吸いこむのがわかった。もしかしたらキスをしたのかもしれない。カーラはよくわからなかった。

彼女が脚をほどくと、エイダンが引き止めた。「待ってくれ」彼は歯を食いしばって言った。「一分、時間をくれ」

エイダンも自分と同じように抑制がきかなくなりかけていたのだと悟り、背筋に戦慄が走った。カーラは筋肉ひとつ動かさなかった。耳のすぐ横で荒々しい息遣いが聞こえ、彼が自制心を取り戻そうとしているのがわかった。頭上では鳥が鳴き、海岸沿いの離れた場所から小さな話し声が聞こえてくる。

「私たちは海岸にいるのよ」カーラは言わずもがなのことをささやいた。

エイダンは頭を引いて彼女を見た。「わかっている」真っ青なブルーの瞳にはいまも渇望があふれていた。「そろそろ戻る時間だな」

その言葉に言外の問いかけを聞き取り、カーラは視線をそらせなくなった。もし、ほんの少しでもその気にさせるようなことを言えば、十中八九、エイダンは私を連れてバンガローに戻り、ベッドをともにしようとするだろう。そう考えたら下腹部が引きつり、口の中がからからになった。

エイダンにキスをし、彼に触れることは、人生で最も刺激的な経験だ。いままで誰からもこんなにも興奮させられたためしはなかった。だからこそ、今日このあと彼と別れたら二度と会えないと心配していたんでしょう？

答えはひとつ、〝イエス〟だった。けれど一方で、こういうことはめったに起こらないから、真に魅惑的なことを経験する唯一のチャンスだと思う気持ちもあった。

カーラは大きくひとつ息をつき、たくましい肩に指を食いこませてエイダンを見上げた。

「私もそう思うわ」

13

　バンガローへの短い帰路がとても長く感じられ、エイダンは玄関のドアを蹴るように閉めたあと、すぐに振り返ってカーラをドアに押しつけた。そして彼女のビキニの細い肩ひもに指をかけ、動きを止めた。目を見交わしながらエイダンがそのひもを引き下ろすと、カーラは声を震わせて笑った。

「一瞬、ひもを直してくれるのかと思ったわ」

「そうだよ」エイダンは別の指を曲げてもう一方の肩ひもにかけ、それも引き下ろした。「それが僕のやり方だ」

　小さな三角形の生地が落ちると、たちまちエイダンは魅せられた。

「きれいだよ」エイダンがかすれた声で言う。「とてもきれいだ」

　その言葉に促されたようにカーラは彼の首に両腕をまわし、胸のふくらみを分厚い胸に押しつけた。

　張りつめた先端に固い胸板を圧迫され、エイダンはうめき声をあげて強く唇を重ねた。最高に甘い蜜のような味がした。カーラの顔を両手で包み、エイダンは繰り返し舌を差し入れて彼女を味わった。

「エイダン……」カーラは途切れがちに彼の名をささやき、息をつこうと顔を上げて、アクアブルーの瞳で彼を見つめた。

「コンタクトレンズを外してくれ」エイダンは身じろぎもせずに言った。カーラが今日は誰に合わせていようとかまわないが、自分が愛し合う相手が本当のカーラだと知っておきたかった。髪をどんな色に染めようと、どんな服装をしていようとかまわない。だが、目だけは譲れない。いまこの瞬間、彼女は本当の自分を隠してはならないのだ。

彼女が動きを止め、美しい顔にためらいがよぎるのを見て、エイダンは親指で彼女の顎を持ち上げた。

「僕はきみが見たいんだ、カーラ。僕たちがひとつになった初めての瞬間に、きみの瞳が陰るのを見たい。きみがクライマックスを迎えたとき、その瞳が陶酔に曇るのを見たい」

浅い呼吸をしながらカーラは彼の前で手を上げてうつむき、まず右目の小さな円いレンズを、それから左目のほうを外した。

彼女が顔を上げた。エイダンの心臓が収縮して肋《ろっ》骨《こつ》に激しくぶつかり、頭の中が真っ白になった。空港で目の前に飛び出してきた彼女の二の腕をつかんだ瞬間と同じように。あのときは彼女にいらだちを覚えただけだと思っていた。だが、いまは……底知れぬ深さを持つ濃い茶色の瞳に、彼はただ見入った。挽《ひ》きたてのコーヒー豆に似た、豊かでつややかな色だった。温かみがあり、真摯で、圧倒される美しさ。

カーラが当惑したようにまばたきして目をそむけ、エイダンは日を浴びてぬくもった半裸の女性を腕に抱いている現実にいきなり引き戻された。「僕のそばにいるときはもう絶対にコンタクトレンズをつけないと約束してくれ」

カーラが顔を赤らめて舌で唇を湿らせたので、エイダンは男性なら誰もがすることをした。頭を下げて、もう一度キスをしたのだ。そして両手をウエストに滑らせると、彼女は吐息をもらして彼にもたれかかった。

自分の裸の胸にカーラの小ぶりな胸が寄り添うのを感じ、エイダンは唇を彼女の口から離し、キスで首筋をたどった。彼の腕を支えにしてカーラが上体を反らし、彼に捧《ささ》げるかのように両の胸が突き上げられる。両の胸のとがった頂を順に舌で転がしながら、エイダンは彼女を見つめた。カーラの茶色の瞳に鼻先をうずめ、温かな女性の匂いを吸いこんで、彼女の体を開かせる。

カーラが泣きながらエイダンの名を呼ぶと、欲望が彼の全身を駆け巡った。こんなにも女性の体を楽しみ、責めるのは初めてだ。エイダンはいくらもしないうちに彼女が快感の際まで行って震えだすのを感じ、体を引いた。

ふらつく足で立ち上がり、たたきつけるようにカーラと唇を重ねる。彼女もエイダンと同じ性急さでキスに応え、彼の肩と首にしがみついた。

「エイダン、お願い……」

「サーフパンツを脱がせてくれ」彼はくぐもった声で命じた。

指が震え、なかなかひもがほどけなかったが、カーラはなんとか下ろした。

「ああ、すごい」カーラは声を震わせ、彼の雄々しい高まりを握りしめた。

が陰り、濃いまつげがその上に伏せられる。「僕を見るんだ」そう命じて、彼女が目を開けるのを待ち、張りつめた胸の頂に口をつけて深く吸った。

カーラが声をあげ、彼の髪に両手をからませる。エイダンは彼女をドアに押しつけ、その前にひざまずいた。セクシーなタトゥーに誘われて、そのまわりに舌を走らせる。目を上げると、彼女のうつろなまなざしが、おへそを出たり入ったりする彼の舌の動きに注がれていた。

もっと深く彼女を奪いたいという本能的な欲求でエイダンの欲望のあかしはこのうえなく張りつめ、全身がひとつの目的にのみ向けられていた。カーラとひとつになることに。床板まで彼女を引きずり下ろし、いきなり彼女の中に我が身をうずめることに。

自分を見失いそうになるぎりぎりの縁からなんとか引き返し、エイダンはビキニのボトムをカーラの脚から引き下ろして床にほうり投げた。脚の付け根

させた。

エイダンは熱く潤う彼女の秘めやかな部分に指を浸し、抜き差しして、彼の情熱を受け入れる準備を
やがてうなり声とともにカーラの腿に手をかけて彼女を抱え上げ、我が身を突き立てた。ココナッツの香りがする胸のふくらみが彼の顎をこする。エイダンは動物じみた声をあげ、初めて彼女を貫いた。

その瞬間、エイダンは巨大な炎の中心に投げこまれた気がした。体は自制の鎖を揺るがす熱に焼かれ、全身から汗が噴き出して、脚には力が入らない。彼の知っている現実が徐々に存在を消していく。あるのはいまこの瞬間だけ、この女性だけだ。

カーラが驚いて息をのむ声で我に返り、エイダンは動きを止めた。額に玉の汗を浮かべ、彼の体に満たされる感覚に慣れる時間をカーラに与える。そして、もう一分も待てないというところまで待ってゆっくり動きだし、しっかり自分をとらえて奥へと引きこむカーラの感触を、目を閉じて味わった。

が、そのとき、エイダンは避妊のことに思い至って悪態をついた。

彼の下品な言葉に驚いてカーラが体を起こしたが、もはや最後まで続けることはできなかった。

カーラがエイダンの肩をぎゅっとつかんだ。「お願い、エイダン。やめないで——」

「避妊具だ」エイダンは荒い息をつきながら、いらだたしげにつぶやいた。

「ああ……」

まさに〝ああ〟だ。こういうことを忘れたのはいつ以来だろう。「きみのほうの予防策は？」

カーラが首を横に振るなり、彼女の体がエイダンを締めつけた。彼はうなって歯を食いしばり、ゆっくりと彼女から離れた。それからカーラを抱き上げ、自分の部屋のベッドに横たえた。

彼女はじっとしたまま、長い手足をなすすべもな

く投げ出し、彼が避妊具をつけるさまを眺めていた。

エイダンはすぐにベッドによじのぼり、カーラの上になった。ほんの一瞬、彼女の顎を手のひらで包んでキスをする。それから脚を開かせ、再び彼女の中に力強く突き進んだ。しっかりと目を合わせ、カーラの反応のひとつひとつを頭に刻みこむ。ショックを、驚嘆を、喜びを。

カーラはとても敏感だった。長い脚をエイダンの腰に巻きつけ、しっかり彼をつかまえている。これほど感じたことはない、これほど女性を求めたことはないという事実には目をつぶり、エイダンは繰り返し彼女を攻めたてた。やがてクライマックスに達したカーラの激しい叫び声がエイダンの耳を打ち、間をおかずに彼も自らを解き放った。


二人が目を覚ましたとき、外は暗くなっていた。

カーラは伸びをして、エイダンと脚をからみ合わせていたことに気づいた。体にはしっかりと彼の手がまわされ、頭は彼の胸を枕にしている。いい気持ちだった。とてもいい気持ち。よすぎるくらいに。

カーラはじっと横たわり、汗と男性の匂いを吸いこんだ。ここにとどまりたいけれど、こんなにいいことが続くわけがない。それはわかっている。

エイダンを起こさないようにじりじりとベッドを出て、カーラはかすかに震える足で自室に向かった。暗くても、バスルームに入るまで明かりはつけなかった。

鏡に映る自分を見て、カーラはゆっくりと息を吐いた。髪が乱れ、瞳は暗い。茶色だ。かき乱された感情をたたえる二つの底知れぬ水たまり……。

私はとんでもない過ちを犯したの？

「きみはいま、これがとんでもない過ちだと考えている」

ぎょっとして深みのある声がしたほうを振り返る

なり、手すりからタオルをひったくって体の前を隠した。ばかみたい。もうすべてを見られているのに。あらゆるところに触れられ、あらゆるところにキスをされて……。

エイダンはサーフパンツ以外は何も身につけず、さっきからドアの横の柱にもたれていたのだ。カーラはごくりと唾をのんだ。

「あなたは違うの？」

「僕の考えなど心配してくれなくていい。きみはどう思っているんだ？」

とんでもない過ちにほかならないわ。

同時に、エイダンはどう考えているのかと思いを巡らせずにはいられなかった。そっちのほうがずっと大事な気がする。

あなたはなんでも気にしすぎるのよ――姉の言葉が思い出された。

そうなの？　いまもそう？

どうして素直になれないのだろう。エイダンの腕の中で感じた山ほどの不安を、なぜ口にできないのだろう。こんな気持ちにさせてくれる男性はあなた以外にもう二度と現れないとわかっている、それがとても怖いのだ、と。

「僕がどう思ったか知ることがそんなに重要なら」エイダンが口を開いた。「昨夜のことはとてもすばらしかったと思っている」

「まあ」カーラはタオルを握りしめた。

「そして、このことを複雑に考える必要はないとも思っている。シンプルなままにしておけばいい」

「シンプル？」カーラはその言葉に言外の警告が含まれているのがわかった。体はともかく、心は奪われるな――彼はそう警告しているのだ。

「そうだ」エイダンはさらに彼女に近づいた。「シンプルに」唇の両端が弧を描く。彼はカーラに触れる寸前で手を止め、彼女の耳の後ろに髪を撫でつけて、小さな三つ編みの一本を指にかけた。「僕たちはベッドで爆発的な化学反応を分かち合った二人の大人だ。僕個人としては、まだその化学反応を探索し尽くしてはいない」

エイダンは身を乗り出してカーラの口の端にキスをした。

「まだシドニーへ戻る準備はしていない」

その言葉にカーラは驚かされた。

「長いこと休暇を取っていなかったから、少しはフィジー時間を楽しもうかと思う。きみも一緒にどうかな?」エイダンは唇を離し、少しカーラから離れた。「無理にとは言わないが」

無理にとは言わない――私が必要としていたのはそんな言葉だった? カーラにはわからなかった。わかっているのは、自分がエイダンを必要としているということだけだ。

「〈デマルシェ〉の発表会があるから、日曜日にはロンドンにいなければならないの」カーラは自分に思い出させるように言った。

首筋にエイダンが鼻先をうずめる。カーラの喉もとで脈が跳ねた。

「それなら金曜日に出発しよう。充分間に合うだろう?」

「ええ、でも……出発しようって?」

「僕も行く。きみはひとりでいるのは好きじゃないって言った。もちろん、ほかにデートの予定がぎっしり詰まっているなら別だが」

「いいえ」まさか。「一緒に行ってほしいわ」

「よし。これで決まりだ」

肌の上でエイダンが熱くささやき、カーラの神経はその先を求めてざわついた。

「僕たちには、もうひとつ決めるべきことがある」

カーラは彼の豊かな髪に手を差し入れ、その柔らかな弾力を楽しんだ。エイダンは本当にロンドンへ一緒に行ってくれるの？　彼女はこぼれる笑みを抑えられず、〝彼は真実の愛を信じていないのよ〟という頭の中の小さな声を脇へ押しやった。「そうなの？　何かしら？」

エイダンがするりとウエストに手を伸ばし、カーラの後ろにまわってシャワーに向かった。「島民は水の無駄使いを嫌う。いままで何も言わなかったが……」彼がシャワーの栓をひねり、カーラのタオルを取り去った。「二人一緒に使うべきだと思う」

「本当？」

エイダンの視線が彼女の体の上をさまよう。「とても深刻な罪だ」

「誰かの機嫌を損ねたくはないけれど……」カーラは異議を唱えようとした。

「それを聞いてうれしいよ。じゃあ……」エイダンはにやりとして足を踏み出し、彼女の背中を押した。

あとで傷つくことになるかもしれないけれど、この関係を終わらせる方法がひとつだけある。そう思いながらもエイダンのむき出しの男らしさを前にするとなすすべがない気がして、カーラは再びシャワーストールに戻った。

サーフパンツを脱いだエイダンが大きな手で石鹸《せっけん》をこすり、彼の手は泡だらけになった。「ほら、持っていて」

カーラが石鹸を受け取ると、エイダンは泡だらけの手で彼女の肩を包み、そこにゆっくりと小さな円を描きはじめた。胸の先が張りつめ、カーラはぎゅっと石鹸を握った。彼の手が胸に達し、頂をつまんで引っ張る。彼女がうめいて下唇を噛《か》むあいだ、エイダンはなおも石鹸を彼女の胴と腿のあいだに塗りつづけた。

それからエイダンはシャワーヘッドを下ろして、彼女のうずく体に湯をかけた。石鹸を洗い流されると、カーラは力が抜けたように濡《ぬ》れたタイルに寄りかかった。すかさずエイダンが膝をついて、口で彼女を奪う。我を忘れたカーラは彼の頭をつかんで体を支えるのがやっとだった。

彼女の手から石鹸がタイルの床に落ちる。その音を聞いて、エイダンの口からかすれた笑い声がもれた。すると、カーラは彼を引っ張り上げ、石鹸のついた手で情熱のあかしを包みこんだ。

エイダンはうめき、シャワーヘッドを強くカーラの脚のあいだに押しつけた。彼女が体をくねらせはじめると、エイダンは彼女を抱え上げ、一度きりのなめらかな動作で貫いた。

「ああ、カーラ。きみは最高だ」

カーラは息をのんで身をもだえさせながら、心がまた新たな渦にのみこまれていくのを感じた。

14

カーラはバスルームの鏡に映る自分を見て、果たして髪をこの色に染めたのは正解だったのかしらと考えた。

それは、エイダンが彼女のために午後のリラクゼーションを予約したあと、衝動的に決めたことだった。

〝今夜はどこか特別なところへ行こう〟エイダンは言った。〝ドレスアップして〟

彼は幸せいっぱいの三日間をくれたのに、もっと幸せな気分にしてくれるつもりなのかしらと、カーラは一日じゅう、わくわくしていた。

この三日間、太陽が昇ると二人は急いで朝食をとり——たいていはベッドの中で——島じゅうを歩きまわった。ときには入り江でカヤックに乗ったり、浅瀬でシュノーケリングをしたりすることもあった。

今日はエイダンが借りてきたクルーザーで近くの人気のない島へ行き、海岸でピクニックをした。それにセックスも。そのあと彼はスキューバダイビングの用具を出してきて、カーラを水深三メートル以上の透明な海に潜らせた。

そこは別世界だった。色鮮やかな魚が珊瑚《さんご》のまわりをすいすい泳ぎまわり、まるで妖精の国をのぞいているようだった。

エイダンは海底でヒトデやナマコといったさまざまな生き物をつかまえた。それからカーラの手を取って、好奇心の強いカクレクマノミの群れに伸ばさせた。魚たちが手に噛《か》みつきそうなほど近くまで来ると、彼女は悲鳴をあげて彼の腕の中に逃げこんだ。

カーラは思い出し笑いをした。

あのときはマウスピースをなくしてしまい、マスクが水でいっぱいになった。パニックを起こしてもおかしくないところだったが、エイダンが彼女の体に腕をまわし、水中でマスクをきれいにする方法を教えてくれた。それから身を乗り出してカーラにキスをし、口の中に酸素を送りこんでから、マウスピースを付け直してくれた。

そのあとはエイダンの手に導かれ、のんびりと泳いでボートに戻った。日差しを浴びて熱いほどのデッキに長々と寝そべり、仕上げはチョコレートとシャンパン。

まさにファンタジーだった。唯一そうした日々に水を差したのは、家族のことに話が及んだときだったかもしれない。

十三歳のときに飲酒の現場を押さえられ、双子の兄たちに追いかけられて湖に投げこまれそうになった話を終えたときのことだった。

カーラはエイダンに家族のことを尋ねた。

「いや、きょうだいはいない」

二人はスキューバダイビングのあと、疲れ果ててて——少なくともカーラのほうは——デッキに寝転んでいた。

「それで、あなたはどんなところで育ったの？」カーラはごろりと体を横向きにして彼を見下ろした。

「特別な場所ではない」彼は目を閉じたまま答えた。

カーラは彼が自分の殻に引きこもった気がしたが、思い過ごしよ、と自分に言い聞かせた。「大きな家で育った？　小さな家？　お金持ちのお坊っちゃま学校へ行ったのかしら。それとも共学？」

「金のかかる学校ではなかった。家が金持ちになる前は西部の郊外出身のガキだったんだ。父の始めた無料新聞が評判になり、そこから事業が広がった」

「起業家だったのね」カーラは彼の腕についていた砂を払った。「ビジネスの知識はそこで得たの？」

「そんなところだ」彼はカーラの手を持ち上げてしげしげと見た。「母は労働者階級からホワイトカラーへの変化を喜んだと思う。西部郊外におさらばして、高級住宅地のローズベイへ移れたのだから」

「あなたはうれしくなかったみたいな口ぶりね」

エイダンはカーラと指をからませ、ぼんやりと頭上の空を眺めていた。「そのあといろいろあったからね。母が家を出ていったんだ」

「まあ、ごめんなさい。つらかったでしょう？」

「いいんだ。僕はその事実と向き合えるくらいには大きくなっていた」

「いまでもお母さまと会うの？」

「いや、一年半前に自動車事故で他界した。いいことを教えてやろう」

エイダンが言葉を切ってすばやく寝返りを打ったので、カーラは仰向けにされて目をぱちくりさせながら彼を見上げた。

「退屈な話になると、僕はいつも角のように硬くなるんだ」

尋ねたいことはもっとあったが、エイダンはすでにカーラの下半身を持ち上げていて、理性的な思考はたちまち性的な興奮に取って代わられた。

結局、あまり多くは教えてもらえなかった、とカーラは遅ればせながら気づいた。母親のことを話すエイダンの声には苦々しさがあった。彼が女性との長期の関係を信じないのは、母親の家出が原因かしら？　だとしたら、うなずける。

その母親がもう亡くなっていて、二度と会うことはなかったなんて……。

でも、悲しいことを考えるのはよそう。カーラはもう一度鏡の中の自分を一瞥《いちべつ》し、居間に向かった。

エイダンはすでに着替えていた。たくましい腿をぴったりと包むデニムのジーンズに、襟の開いた白いシャツ。髪は少し湿っていて、はだしだった。ソファに座って前かがみになり、テレビで何かスポーツの試合を見ている。カーラの口の中はたちまち乾いた。彼を見慣れてその男性的な存在感に衝撃を受けなくなるには、あと百年くらいかかりそうだ。

彼の純粋なブルーの目がカーラの視線を一瞬とらえ、それから彼女の全身をすばやくなぞった。彼女はひどく緊張して、それを隠すためにちょっと体をまわしてみせた。「どうかしら？」

「すばらしいよ」

「髪は茶色なの」それが気になってしかたがなかった。「生まれつきの髪の色にすごく近いわ。実際、髪が伸びても、ほとんど違いはわからないと思う」

「心配いらない。とてもきれいだ」

「『ステップフォード・ワイフ』は見た？　あの映画に出ていた良妻賢母型ロボットに見えない？」

エイダンは声をあげて笑い、ソファから立ち上がって彼女に近づいた。「そんなことはない」

彼の胸は大きく上下していた。カーラの前で立ち止まった彼の視線が、彼女の口もとに注がれる。

「それは汚れか？」

「いいえ、口紅って言うのよ」カーラは声をあげて笑った。「そして、そうね、やがては汚れになる」

「残念。それなら首筋で我慢しないと」

エイダンがカーラを引き寄せ、喉もとの激しく脈打つ箇所に向かってかがむと、彼女は幅広い肩をつかんだ。硬く張りつめた欲望のあかしを押しつけられ、骨がなくなったように体がとろけていく。

しばらくして先に顔を上げたのはエイダンだった。彼の視線がぐずぐずとカーラの唇に留まる。「その口紅、そんなに大事なのか？」

「いいえ。それより、どこへ行くの？」

「ああ、そうだった」エイダンはうなるように言ってしぶしぶカーラを放し、上に鏡のついた小さなテーブルのところへ行った。「こっちへおいで」

そこには黒いベルベットの宝石箱がのっていた。うれし涙で目頭が熱くなり、カーラはおぼつかない足どりで彼に歩み寄った。「私のために？」

「記念の品だ」エイダンはぶっきらぼうに答えた。「後ろを向いてごらん」

息が詰まりそうになりながらも、カーラは言われたとおりにした。心臓が胸から飛び出しそうだ。この島で過ごした記念？　それとも彼と過ごした時間の記念なの？

彼女が口にしなかった質問に答えるようにエイダンは言った。「先週みたいなことがあったから、きみは何かすてきなものを受け取る資格があると思ってね」

じゃあ、残念賞というところかしら。「ジェニーの真珠だわ」カーラは低くつぶやき、シルバーグレーの光沢を持つ真珠のネックレスを撫《な》でた。数日前にほれぼれと眺めたものによく似ている。「きれいだわ。こんなの初めて」

「彼女が以前つくったものだ」エイダンはカーラの手を取り、そろいのブレスレットを手首に巻いた。

「ああ、エイダン。こんなことしなくていいのに」

「それなしでは、エスターが解放してくれなかっただろう。それに……」彼がさらにもう一度箱に手を伸ばす。「イヤリングだ」

エイダンが暗灰色の二粒の真珠を見せると、カーラは胸を押さえた。「なんて言ったらいいか……」

「泣くな。そうじゃないと、全部返してしまうよ」

カーラはこみ上げる感情をのみ下し、彼の首に両腕をまわしたい思いを抑えてイヤリングを手に取って、耳につけた。「とても気に入ったわ。ありがとう。最近、将来のことをいろいろ考えて」再び胸に広がりはじめたむなしさを埋めたくて言う。「いつか小さなお店を開きたいと思っているの。ジェニーは私に協力してくれると思う？」

「してくれるかもしれない。だが、モデルの仕事はどうするんだ？」

「モデル業も好きだけれど……本当は自分で身につけるより、服やアクセサリーをコーディネートするほうが得意な気がするの。型にとらわれず、なかなか手に入らないものを売りたいわ。女性たちが宝物のようにいつまでも取っておくようなものを」

「もしかして、きみは物をためこむタイプか？」

「どうしてわかったの？」

「十個もスーツケースを持って旅行する」

カーラは笑った。「そう、ためこみ派よ。小さいころは自分の戸棚をちっとも整頓できなかった。物を捨てるのを拒否していたの。ある夏、家に帰ったら、私の持ち物を子守《ナニー》ががらくただと思ってみんな捨ててしまっていて、打ちのめされたものよ」

エイダンは彼女の唇にそっとキスをした。「いますぐ行かないなら、もう行かないよ。どうする？」

「そうね、あなたが手配してくれたものによるわ」

エイダンはポケットから一枚の紙を取り出した。オセアニアを旅しているイギリス人グループの劇場パンフレットだ。

「ロミオとジュリエット？」カーラはエイダンを見上げ、彼がうれしそうに目を輝かせているのを認めた。「本気？ どうしてこれを選んだの？」

エイダンは傷ついたようにうなった。「デートに行くと決めたらうれしそうにしていたから、これだと思ったんだ」

カーラは苦痛の色を浮かべる彼にほほ笑みかけた。

「そうね、観劇は好きよ。二時間だけなら……」

「なら、よかった」エイダンは彼女の手をつかんでドアに向かった。「さっさとすませてしまおう」

カーラは笑い声をあげた。「まるで歯医者にでも連れていくみたいな言い方ね」

「そのほうがましかも」

「シェイクスピアは好きじゃないということ？」

エイダンはバンガローの入口に止めた砂丘走行用バギーにカーラへと案内した。「僕は草深い西部で生まれた、ただの田舎のガキだったんだぞ」

いいえ、彼はそんなんじゃない。洗練されていて、チャーミングで、高潔だわ。

「芝居中、泣かないでくれよ」エイダンはバギーにギアを入れながら釘《くぎ》を刺した。「涙の兆候が見えたらすぐに帰るからな」

カーラはエイダンの腕に手を置いた。「ありがとう」優しく言う。「何もかも」

「泣かないって約束したじゃないか」二人でバギーに戻ったとき、エイダンは文句を言った。

カーラは鼻をすすった。「厳密に言うと約束はしていないし、泣かないように努力はしたわ。でも、とても美しかったんだもの。そう思わなかった？」

エイダンは彼女の頬から涙をぬぐった。「きみのまわりにティッシュを並べておかないとな」

「何度見ても、ジュリエットがもっと思いきりのいいタイプだったらと思うわ。自殺なんかしないで両方の一族を追いまわし、狭量な人たちの首をひねってやればよかったのよ。そうすれば二人は永遠に一緒にいられたでしょうに」

「永遠に？」エイダンの瞳に奇妙な光が差し、それは恐怖のようにも見えた。

「もちろんよ。二人は愛し合っていたんですもの」

エイダンはカーラのネックレスの位置を直し、ゆがんだ笑みを浮かべた。「ジュリエットは復讐《ふくしゅう》なんかするタイプじゃない。優しくて寛大だから」

「気骨を育てる必要があったわね」

「それはロミオの役目さ。彼女のために立ち向かうべきだったんだ」

エイダンはカーラを抱き上げて肩に担ぎ、バンガローのドアを開けた。そこは半ば彼らの家のようになっていた。毎夜、互いにくるまって眠る親密な繭のような場所に。

彼はカーラの服を脱がせた。

ゆっくりと情熱的なエイダンの愛撫《あいぶ》に、カーラはあえぎ声をあげた。そして、体を震わせる以外何もできなくなる前に、体勢を入れ替えて彼の上になった。身を乗り出して両手をエイダンの胸につき、視線をハンサムな顔にさまよわせる。それから手を伸ばし、指先で眉をなぞった。続いてその指を彼の鼻先から口もとへ下ろし、日焼けした顎に生えた無精髭《ひげ》を軽く引っかく。そのとき、カーラは自分が恋に落ちていたことを驚きとともに悟った。

ぞくぞくし、驚嘆し、喜びに満ち、どうしようもないほどエイダンに恋をしている。その実感が体じゅうにあふれ、いまにも心臓が破裂しそうだ。こんなに性急に誰かと恋に落ちるなんてありえるの？

「ほらね、僕たちは二人ともフィジー時間にとらわれてしまった」エイダンはゆっくりと言い、頭の後ろにあった手をカーラのヒップへ持っていった。

カーラは思わず息をのんだ。

彼も私に恋をしている？ そんなことってある？

カーラは顔をしかめた。ありそうもないし、きいてみる勇気もない。いまこの瞬間に、自分の感情をぶちまける勇気すらなかった。だから彼女はエイダンの体から滑り下り、彼の手と舌に身をゆだねた。いよいよ明日だ。でも、心の整理をつけるのに、もっと時間が欲しい。

残念ながら、その〝明日〟は窓から差しこむ明るい光と、リビングから聞こえてくるエイダンの怒鳴り声とともに、あまりにも早くやってきた。

眠い目をこすりながら、カーラは前夜エイダンが投げ捨てたシャツを着て、何があったのだろうと廊下を歩いていった。

エイダンは古いサーフパンツ以外何も身につけず、片方の耳に電話を押し当て、もう一方の手にはコーヒーのカップを握っていた。

「やつの手に渡ることはない。はっきり決着をつけてやる」エイダンはいったん言葉を切った。「ああ、僕が直接にだ。サムは飛行機を手配したか？ ＡＦＬとの最初の会合は明朝にセッティングしてくれ」

エイダンは通話を終えるや携帯電話をテーブルにほうり、初めてドア口に立つカーラに気づいた。

最悪のことは考えないようにしたものの、カーラの胸は早鐘を打っていた。「何かあったの？」

「そういう言い方もできる」エイダンはコーヒーをひと口飲んで顔をしかめた。「オーストラリアへ戻らなければならなくなった」

「ええ、聞いたわ」

エイダンはそれ以上は何も言わず、窓の外を見ているだけだったので、カーラは体が冷たくなっていくのを感じた。「AFLって？」

彼は振り向かずに答えた。「オーストラリアン・フットボール・リーグだ」

「そこに何か問題でも？」

「いや、問題はこっちだ」エイダンは早口に言った。取りつく島もない。「ケリー《K》・メディア《M》・グループ《G》は六年間AFLのテレビ放映権を握ってきた。国内で最も大きな取り引きだが、いまになってマーティン・エラリーが敵対的な入札を申しこんできた」

「マーティン・エラリーが？」

「この話はもうしたくない」

エイダンは大股に彼女を追い越した。カーラが感じたさっきの冷たさは、いまや氷に変わった。

長身の引き締まった体がぴりぴりと震え、彼を追って主寝室に入ったカーラは、自分が刑の執行を待つ囚人になった気がした。「それであんなにも彼を嫌っていたの？」

エイダンは戸棚から自分の服を出してベッドにほうった。「その話はしたくないと言ったはずだ」

どうしていいのかわからず、カーラはその場に立ちつくした。「私は二日後に〈デマルシェ〉の新製品発表会があるのよ」おずおずした自分の口調がいやだったが、どうにもならない。「あなたが……一緒に来てくれると思っていたんだけれど」

エイダンは顔を上げたものの、カーラは彼が実際には彼女を見ていないのを感じた。

「いまは無理だ。これは重要な問題だから」

「代理人を立てることはできない？」カーラは明るく尋ねた。「ベンに会合に行ってもらうとか？ 彼はとても有能そうだもの」

「いや」エイダンは答えた。いささか静かすぎる声で。「ベンには務まらない。僕でないと無理だ」

「どうして？　なぜいつもあなたなの？」

「主導権を握っていないとまずいからさ」エイダンの目の表情が硬く、変化に乏しくなった。「今週、僕は問題を放置した……褒められたことじゃない」

「その問題って、過去に起きたこと？」

エイダンは釘でも噛み砕くような顔つきになった。カーラの矢継ぎ早の質問にいらだっているのは明らかだ。見て見ぬふりで立ち去れと命じる本能と、カーラは必死に闘わなければならなかった。そうすることが重要な気がした。

「父の身に起こったことだ」エイダンは言葉を切った。「僕がなぜエラリーを嫌うか知りたいか？」彼はいらいらと髪を梳《す》きながら切りだした。「一年ほど前、父は自ら命を絶った。エラリーのせいで」

「ああ、エイダン。気の毒に」

彼はカーラの言葉など聞こえなかったかのように続けた。「薬をひと瓶のんだ父は意識を失ったが、その時点では病院側も希望を持っていた。僕は父に三日間付き添い、最期を看取《みと》った」

エイダンはもうカーラを見ていなかった。彼女は身じろぎもせずに、続きを待った。けれどエイダンは何も言わない。カーラは彼に近づいた。

「お父さまは……どうして……」あまりの悲劇に、カーラは言葉を失った。「遺書は？」

「そんなものは必要なかった」彼は苦々しげに言った。「父が自殺したのは母が戻らなかったからだ」

「お母さまは亡くなったんでしょう？」

エイダンはぞんざいにうなずいた。「何年たとうと、父は母を思いつづけていた。死ぬ瞬間まで」

カーラは眉をひそめた。「お気の毒に。なんと言ったらいいかわからないわ」

「言うべきことなどない。十四年前、母はよりよい関係を見つけ、そちらを選んだ。そのせいで父はだめになり、自ら命を絶った。それだけの話だ」

けれど、エイダンの声にある何かが、それだけではないと告げていた。

「お母さまはエラリーと家を出たのね？」

「ああ」エイダンはつらそうに認めた。「エラリーが金を横領して父の会社が潰れそうになる前まで、やつは父のビジネスパートナーで友人だった」

「なんてひどい」カーラは彼の傍らに行き、固い壁のような筋肉質の背中に手をかけた。「あなたがこだわる理由がやっとわかったわ。エラリーを勝たせたくなかった理由も」

「そうか？」

「ええ。だから私、あなたと一緒に行くわ」

エイダンは身をこわばらせてカーラのほうを向いた。「なんだって？」

「あなたと一緒に行く。私もマーティン・エラリーなんて見るのもいや。あなたを支えたいの」

「〈デマルシェ〉のパーティはどうするんだ？」

「こんなに感情的になったあなたを、ひとりにはしておけないわ」

エイダンが離れていったので、彼のぬくもりを失ったカーラの手のひらが急に冷たくなった。

「感情的になどなっていない。ビジネスにおいて感情的になったことは一度もない」

「エイダン、私は——」

「きみにとっても仕事は大事なものだと思ったが」

エイダンは動揺したように部屋の中を行ったり来たりした。「きみがここへ来たのは、評判を守り、お父さんにいい印象を与えるためだったはずだ」

「それは……」カーラはごくりと喉を鳴らした。自分の提案に彼が気のない反応を示したことで、頭がふらついていた。「私はただ……思ったのよ……」

何を思ったの？　これで現実になったって？　彼が私の感情に報いてくれたって？　ああ、私ってなんて愚かなのだろう。

エイダンは私を拒絶した。常に約束を守る男が、私にした約束を破った……。

くるりと向きを変えたカーラの目に、ガラス窓に映った自分の姿が見えた。エイダンのシャツ以外、何も着ていない。けれど、彼女の注意を引いたのは服装ではなかった。髪だ。瞳と同じ茶色の髪。もう五年もこんな色にしたことはなかった。さまざまな色合いのブロンドにした。赤くしたこともある。暗紅色にも、黒にも、ピンクにも……。

カーラは自分の沈んだ表情を見た。髪と一緒だ。よき妻として訓練中のロボット《ステップフォード・ワイフ》みたい。

妻?

危うく屈辱の叫びをあげるところだった。エイダンは私に結婚を申しこんだわけじゃない。それどころか、本物の関係すら持とうとしなかった。彼は私をフィジーに連れてきてくれただけ。そして、忙しいスケジュールの中、時間を割いてくれた。ここにとどまってくれと私に頼んだ。だから私はひそかに期待を抱いてしまった。

ああ、神さま。カーラはかぶりを振った。自分をリセットするときが来た。もう一度、自分の人生を生きはじめるときが。さもないと、もしいまエイダンと一緒に行って、彼がこの関係に終止符を打ちたがるときが来たら……。カーラは突き刺されるような胸の痛みに身震いした。早くも彼のいない生活が想像できなくなっている。でも、そんな感覚もいつかは色あせることを彼女は知っていた。

幼いころ、チャッツフィールド邸に帰ってくる父を何度パーティドレス姿で待ったことか。そして、ほとんど目もくれずに通り過ぎていった父に、何度落胆したことか。父は抱きしめてもくれず、高い高いもしてくれず、膝にのせてもくれなかった。

それを私は乗り越えたじゃない。

背後でエイダンが毒づくのが聞こえ、カーラは頭の中の霧を払おうとした。「あなたの言うとおりだわ」ぎこちない口調で認める。「私ったら、何を考えていたのかしら」

「カーラ、そんなふうに僕を見るな。この話はまた別なときにしよう」

カーラは本能的に平静を装った。「話って何？」

「いいか、僕はいま頭をクリアにして集中する必要があるんだ。こんなことをしている場合じゃない」

エイダンが口にした〝こんなこと〟という言葉で、ついにカーラは現実を直視するしかなかった。

「でも、私にとってはこんなことでもすごく意味があったのよ」

「カーラ、きみはすばらしい女性だ。頭はいいし、一緒にいて楽しいし、誠実だし……」エイダンのしかめっ面がさらにゆがむ。「きみは誰か特別な人を見つけるに値する人だ。きみを愛してくれる人を」

カーラは腹部にパンチを受けた気がした。自分はその男ではないと言いたいの？

「そうね」心が完全に麻痺《まひ》したことを悟られないよう、カーラは必死に表情を消した。「私を助けてくれてありがとう。それに、すばらしい一週間も」彼女は深く息を吸った。「じゃあ、荷物を……私の荷物を持っていただけるかしら」

自分の部屋にエイダンがついてきた音は聞こえなかったが、肩に食いこむ指の強さにカーラは彼の不満を感じ取った。その小さな痛みがありがたい。胸の痛みにばかり気持ちが向かわずにすむから。

「カーラ。僕には感情的な行き違いを解決することはできない」

私だってそうよ。「わかるわ。もういいの。本当よ。姉の理論を証明する男性とはかかわらないと自分に誓ったのに、忘れていた私がいけないの」

「理論？　いったい……ああ」エイダンは眉をひそ

め、それからやっと愛と契約について交わした以前の会話を思い出した。「あの理論か」

彼はカーラから目をそらした。

「さようなら、エイダン。それと……マーティン・エラリーとのこと、幸運を祈っているわ」

エイダンは彼女を見ず、ひたすら窓の外を見つめつづけた。沈黙が大きくなるにつれ、カーラは彼が振り向き、きみを行かせはしないと言ってくれるのを期待した。もうきみなしの人生はありえないと。それほどきみを求めていると。

「ジェット機を使ってくれ」

ほらね。やっぱりおとぎ話はおとぎ話だったのよ。

どうあがいても現実にはならない。

「いいえ、あなたの用件のほうが私より重要だわ。私は民間機を使う」

カーラは、地震でできた地割れのように、自分の世界がぱっくりと割れた気がした。それを彼に悟られまいと、荷物をドアまで移動しはじめる。

「そのままにしておいてくれ。僕が手配しておく」

エイダンの声には不満といらだちが聞き取れたが、カーラがちらりと目を上げると、彼の顔からは完全に感情が消し去られていた。それを見て、彼女は自分の決断が正しかったという自信を得た。

「それから、カーラ、ジェット機を使え。使えと言ったら使え」

飛行機に乗ると、カーラの脳裏に鏡に映った自分の姿がよみがえった。エイダンのためにすべてを脱ぎ捨てたと悟ったあのときの姿が。私は自分を守っていたものすべてを脱ぎ捨てたが、エイダンは違った。まだ私を求めてはいなかった。帰国するまで泣きとおせるとは思わなかったけれど、どうやら泣けそうだ。

15

結局、カーラは専用ジェット機を使わなかった。彼女が言いつけにそむいたことが、いまだにエイダンをいらだたせていた。当該機のパイロットが電話をしてきたとき、エイダンはカーラと連絡を取ろうとした。だが、彼女の携帯電話の番号を知らないことに気づいた。

彼はもう少しで声をあげて笑いだすところだった。あれほど親密な時間を過ごしながら、電話番号も知らないとは。

さらに理屈に合わないのは、ＡＦＬの放映権を死守する白熱した交渉のただ中にいながら、カーラのことばかり考えていることだった。

専用ジェット機を使えとカーラに言ったとき、彼女の顔に浮かんだ傷ついた表情がいまも目に浮かぶ。だが、ほかになんと言えばよかったんだ？

エイダンがテーブルに手をついて椅子から立ち上がると、周囲に漂っていた会話が途絶えた。彼は自分を見ている十二対の目を見下ろした。

「続けてくれ」そう言って彼は窓辺へ行き、太陽に照らされて輝くシドニー・オペラハウスを眺めた。

カーラの言葉には、完全な誤りがあった。僕はエラリーに対して感情的になどなっていない。確かに父への仕打ちで彼を責めはした。だが……。

くそっ。

これこそ感情的じゃないか。

カーラはいまごろどこにいるのだろう。イギリスに戻っただろうか。いや、まだ着陸はしていないはずだ。動揺し、明日の夜のパーティのことを心配しているかもしれない。

問題は彼女と深くかかわりすぎたことだ。人間関係はエイダンの得意とするところではなかった。両親の離婚後、意思決定に影響を及ぼす感情など絶対に持つまいと誓った。すべてを失った父が壊れていくのを見るのがたまらなかった。

そして昨日、エイダンはカーラとのつながりを断つ必要があると悟った。そうしなければ父以上の成功は望めない。彼は父を愛していた。だが、ついに尊敬することはできなかった。

なぜ、このことが頭を離れないのだろう。会議の最中だというのに。

エラリーに金を投げ返す直前にカジノテーブルで味わった虚無感がよみがえった。なぜなら、エラリーに何をしようと、過去は変えられないのだ。

許し。

そうささやく声が頭の中で聞こえた。カーラが実際にこの部屋にいるかのように。

そしてこのとき、カーラと会った瞬間から自分が逃げつづけてきた気がする理由がわかった。恋に落ちたのだ。もし誰かと恋に落ちたのなら、その相手と一緒にいないではいられないはずだ。

「エイダン？」

テーブルの向こうのベンを見て、エイダンは会議の進行状況がわからなくなっていることに気づいた。そして窓に寄りかかり、縁をつかんだ。「諸君、悪いが、しばらくベンと二人で話をさせてくれ」

会議の出席者は一様に目をぱちくりし、ひとりずつゆっくりと立ち上がって部屋を出ていった。

ベンは低く口笛を吹いた。「いままでＡＦＬの会議で誰かが廊下で待たされたって話は聞いたことがないな。いったい、どうしたんだ？」

エイダンは窓から離れ、ジャケットに手を伸ばした。「会議はきみに進行してもらう」

「してもらうって……」ベンが口をつぐんだ。「なぜだ？」

「僕がいなければならない場所があるんだ、ここではなく」

「いまか？」

エイダンはほほ笑んだ。「僕は昨日、間違った決断を下した。それがいまわかったから、間違いを正しに行きたいんだ」

ベンはかぶりを振って尋ねた。「ここで決定するべきことを僕はちゃんと理解しているかな？　僕に言っておくべきことは？」

エイダンはにっこりした。「僕がいないあいだ、砦《とりで》を守ってくれるだけでいい」

「もし入札に負けたらどうする？」ベンは慌てていた。「きみの代わりを務める自信はあると断言できるが、この件がどれほど重要かは知っている。もし、負けたら……」

エイダンはジャケットのボタンを留めた。「かまわない」

ベンはじっとエイダンを見た。「相棒、おまえ気は確かか？」

エイダンはほほ笑んだ。「ああ。そう思うよ、やっとな」


「あなた、気は確か？」

カーラはルシーラを見上げた。姉はどうしてもと言い張って〈デマルシェ〉の新製品発表パーティに同行してくれた。目のまわりには少しばかり疲れが見えるにもかかわらず、とてもきれいだ。

カーラはため息をつき、心配してくれる姉の質問にどう答えようかと思案した。

契約を巡って競い合っているモデルは、カーラがそれまで出会った中で最高に美しい女性だった。それにとてもいい人だ。セリーナ・バッテッサなら十点満点で十一点、自分は七点というところだろうか。

実際、カーラは自分がこれ以上、競争に参加する理由がわからなかった。これが私の求めていたものなの？　このために私はエイダンのもとを去ったのかしら？

いいえ、彼のもとを去ったのはこのためじゃない。本当は別れたくなかった。一緒にシドニーへ行きたかった。たぶん、一緒にいてほしいと言われたら、いますぐにでも飛んでいくだろう。

カーラは喉が締めつけられるのを感じた。少なくとも、これから三時間は彼のことを考えてはだめ。

「絶好調よ」カーラはようやくルシーラに答え、安心させるように笑った。

「なんだか、いつもと違うみたい」ルシーラは疑わしそうだった。

「髪が茶色だからよ」カーラは応じた。「普通に見えるでしょう？」

「カーラ、あなたは普通どころじゃないわ。とてもきれいよ」ルシーラはつぶやいた。「そういうことじゃないの。いまのあなたは、なんというか……当惑しているみたい」

「これがみじめなコンペだからよ。まな板にのって殺されるのを待っているなんていやになっちゃう」

「今夜、エイダンが来られなくて残念ね」

「ええ」カーラはエイダンの名前が出たとたん、喉につかえた感情の塊をのみこんだ。姉には、エイダンとの件はすべて計略であり、もうつき合っているふりを続けるつもりはないと話してある。

赤く腫れた目を直すには少なくとも五粒の特殊な目薬が必要だった。ほぼ二十四時間泣きどおしだったのだ。いまエイダンのことを考えはじめたら、また泣いてしまうだろう。

けれど、カーラの評判は今夜、自分を失わずにいられるか否かにかかっていた。ロミオを失ったジュリエットが、人生を破壊されないよう気骨を育てるときが来たのだ。

カーラは深く息を吸っておなかの上に片手を置き、すっと背筋を伸ばした。大丈夫、少なくとも今日一日くらいはうまくやれる。

「エイダンはいま本当に忙しいの。だけど、来週どこかの時点で飛んできてくれると思うわ。姉さんはもう家に帰ったら？　疲れているみたいよ」

観察眼の鋭い姉にひと晩じゅう監視されているよりは、人生が崖っぷちの状態ではないふりをしやすくなるかもしれない。

「あなたはどうなの？　時差ぼけなんでしょう」

「私は大丈夫。本当よ。ハリエットには私が勝つに決まっていると太鼓判を押されているし」

ルシーラはためらった。「私も残るべきだわ」

「姉さんが過労で倒れたりしたら困るわ。帰ってよ。あとでメールするから」

「本当に私がいなくて平気？　なんなら――」

カーラは姉の腕に手をかけた。「姉さんはいつも私のそばにいてくれたわ。子供のとき、それがどれだけ心強かったか。口に出して言ったことはなかったと思うけれど。でも、私は大丈夫。本当よ」彼女はにっこり笑った。「お願い……。すごく疲れているみたいだわ」

たぶん、私のメイクの下も同じくらい疲れた顔になっているに違いない。

「問題はクリストスなのよ。誓って言うけれど、彼がいちばん……ああ、彼のことをどう言ったらいいの！」いらだつルシーラの瞳に不思議な光が差した。

ヤトラコスとのあいだに感情的な緊張があることはルシーラから聞いていたけれど、姉のこんな反応を見たのは初めてだった。いったい姉に何が起きているのか好奇心をそそられたものの、いまはそれを追及するときではないとわかっていた。

代わりにカーラは身を乗り出して姉の頬にキスを

した。「私はもう大人の女よ。心配しないで」

ルシーラはため息をついた。「わかったわ」

カーラは姉が豪華な部屋から出ていくのを見守り、それからきらびやかな人たちの群れに向き直った。

いつもなら、こんなふうに人込みの中で独りぼっちでいたら、逃げ出して身を隠したくなる。なぜならここにいるほとんどの人は、はねっ返りが何かとんでもないことをしでかすのを、息を凝らして待ちかまえているのだから。

でも、今夜の私は違う。

今夜は私だけでなく、エイダンがくれたジェニーの真珠を見てもらうのだ。

カーラは島を去る前にジェニーのところへ行き、彼女の真珠を輸入して世界で売り出すというアイデアを持ちかけた。

ジェニーは圧倒されていた様子だったが、最初はささやかに始めましょうと説得した。ジェニーの作品を数点買ってカーラが自分で身につけ、どの程度受け入れられるか探るのだ。今夜の感触がよければ、ジェニーは工房をオープンすることになる。

「ミス・チャッツフィールド、今夜はとても輝いているね」

大変。カーラは気品のある白髪のデマルシェ・グループ創始者、ブライス・デマルシェにほほ笑みかけ、姿勢を正した。さあ、ショータイムの始まりだ。

「ありがとうございます。ムッシュー・デマルシェ。すばらしい夜ですね」

「まさにね。それに、きみはすばらしくエレガントだよ、マイ・ディア」

カーラは自分のネイビーブルーのドレスを見下ろした。それは彼女が持っている服の中でいちばんおとなしいデザインで、ジェニーの真珠がなければ退屈きわまりない服だった。「ありがとうございます。今夜、このような機会を与えていただいて、心から感謝しています」

「正直に言うと、先週の出来事のあとはこの会を開くかどうか決めかねていたんだ。ラスヴェガスでの騒ぎには驚かされたよ。きみとエイダン・ケリーのニュースだ。あれは事実なのか？」彼は近くの客を見まわして顔をしかめた。「今夜はきみをエスコートする彼にお目にかかれると思ったんだが」

契約の可否はそこにかかっているの？　カーラは眉をひそめた。そしてもっと重要なのは、その場合、自分はこの契約を勝ち取りたいだろうか、ということだった。

カーラはホテルの外で騒いでいたパパラッチを思い出した。彼女のリムジンが正面玄関に止まると、彼らにも同じ質問をされた。今回は警備とバリケードの恩恵を受け、何も聞こえなかったふりをしてやり過ごすことができた。

だが、さすがにムッシュー・デマルシェに対してはその手は使えない。

「ああ、その、彼は……」エイダンは多忙で、二人のあいだはしごく順調だというふりをしようとして、カーラは思いとどまった。エイダンとは本物のカップルではない。保身のために半分しか事実を言わないのは、彼女の主義に反することだった。

カーラは自分が変わったことを、かすかな笑みを浮かべて認めた。成功を実感するのに、もはや他人の賞賛は必要ない気がした。

〈デマルシェ〉の創始者を見つめると、彼は物問いたげに眉を上げていた。

「ムッシュー・デマルシェ、実は」カーラは咳払《せきばら》いをした。「実は、みなさんが私の価値そのものを求めてくださらないなら、私はあなた方のビジネスの一端を担えないと思うようになったんです」

老人は驚いたように頭を振った。「競争から降りるというのかね？」

「はい」カーラは唇に浮かんだ笑みが震えるのを感じた。「そうです」

「だが、みんなはどう思うだろう」

「わかりません。それに、私にとってはどうでもいいことです」カーラは顎を上げた。「お店を開こうと思っているんです。前から考えていました。自分のための人生を送るときが来たんです。それと、エイダン・ケリーのことですが、その、彼は……」エイダン

「遅くなってすまない、スウィートハート」エイダンがカーラの傍らで立ち止まり、彼女を見下ろした。

カーラの胸はタキシード姿のエイダンを見て高鳴った。それに……ネクタイ？

「ネクタイをしているのね」

まるで喉を絞められているかのように、エイダンはシャツの襟を引っ張った。「場合が場合だからね。ブライス、また会えてうれしいよ」

「エイダン」

エイダンはカーラの腰に腕をまわし、デマルシェに言った。「きみのモデルの趣味は賞賛に値すると言うべきだな。彼女以上の選択はありえない」カーラを見つめる。「もう一杯、飲み物はいるかな、ダーリン？」

ダーリン？ いやだ、これではパパラッチから私を救い出してくれたときの繰り返しだわ。

「エイダン、お願い、ちょっと話せないかしら？」

「いいとも」

カーラはムッシュー・デマルシェに笑いかけた。「我々はきみを過小評価していたようだね、マイ・ディア。決心が変わったら知らせてほしい」

「私……」カーラは胸がいっぱいになった。「ありがとうございます。そんなにすてきな言葉をかけられたのは初めてです」

「きみの幸運を祈っていますよ。エイダン、いずれまた」

エイダンはうなずいてカーラの腕を取った。「もちろんだ。それじゃ、失礼するよ、ブライス。カーラと二人きりで話したい」

エイダンは呆然《ぼうぜん》とするカーラを廊下へ連れ出し、二つのドアを試したあとで、人のいない部屋を見つけた。「どういうことか話してくれ。すべて」

カーラは彼を見つめてまばたきをした。「よくわからないの。お店を開きたいという理由で、とても有利な仕事を断ったんだと思う」

エイダンは彼女にゆっくりと心得顔の笑みを向けた。「よかったじゃないか」

そう、よかった。だけど……。カーラは手のひらが汗ばんでいるのを感じ、エイダンと対決する覚悟を決めた。「聞いて、エイダン。あなたがここへ来てくれたのは感謝しているわ。でも、こんなことする必要ないのよ。私は大丈夫」

「きみは僕よりうまくやっているよ」

「どういう意味？」

「きみがいなくなったあと、僕は最低の気分に陥った。正しいことなど何ひとつない気がして、ひたすらきみにそばにいてほしかった」

「でも、私が一緒に行くって言ったら、あなたはだめだって、はねつけたわ」

「もうあんな過ちは犯さない」

「何を言っているのかさっぱりわからないわ」

エイダンは首を横に振った。「ＡＦＬの役員もそう思っているよ」

「そうだった、忘れてたわ。仕事は大丈夫なの？エラリーをやっつけた？」

「わからない。交渉はベンに任せてきた。僕の知るかぎり、会議はまだ続いている。電話やメールはチェックしていない」

「チェックしていない……なぜ急に笑うのよ」

「なぜなら、きみが正しかったからだよ、カーラ」

エイダンの思いがけない熱いまなざしに胸がときめき、カーラは彼を見つめた。「何が正しいの？」

「たくさんのことがだよ、スウィートハート」

「私のことをそんなふうに呼ばないで。私――」

彼は両手でカーラの顔を挟んだ。「僕がエラリーに関して感情的になりすぎていると言ったきみの意見は正しかった」

「エイダン、彼があなたの家族にしたことを考えたら無理もないわ。でも――」

エイダンはカーラにキスをした。「僕の話を遮らないでくれ」

「わかったわ」

「人が恋に落ちたときの話も正しかった。恋に落ちると、常にその人といたいものだ、と言っていた」

カーラの心臓は胸の中で小鳥のように羽ばたいていた。こんな経験は初めてだ。「私、そんなこと言ったかしら？」

「ああ。そして、きみも僕に対してそんなふうに感じてくれたらいいと思っている」

「どうして？」

「きみがすばらしい女性で、僕はきみを愛しているからだ。これからの人生をきみと歩みたい」

カーラは息をのんだ。「私を……愛している？」とても現実とは思えない。「私がすばらしい女性だと思うの？」

エイダンはにっこりと笑った。「まさに完璧だ」

カーラは首を横に振った。夢じゃないかしら。まともに頭が働かず、腰にまわされた手から逃れて後ろへ下がろうとする。

「ごめんよ、スウィートハート。もう二度ときみから離れて自分の殻に閉じこもったりしない」

カーラは涙がまぶたの裏を刺すのを感じた。「いまはそんなふうに言ってくれるけれど、私が後先も考えずに行動してしまうことについてはどう？　あなたの車を横取りしたことについては？」

「借りたんだ」エイダンは訂正した。

「私はあなたに比べたら衝動的すぎる。私の生活はあなたと違って無計画だし。それに、私の評判ときたら……」

「カーラ。いいんだよ。大切なのは、きみといるとき、僕が幸せだという事実だ。きみの顔を見るとキスをしたくなる。きみの声が聞こえると耳を傾けたくなる。何より肝心なのは、きみのいない人生は灰色だということだ。僕にはきみが必要なんだ、カーラ。そして、きみを幸せにしたい」

「本当なの？　ああ、エイダン」ついにカーラは彼の首に両腕をまわした。「信じられない。私も心からあなたを愛しているわ」

「神よ、感謝します」エイダンはカーラの唇を押しつぶさんばかりにキスをした。ようやく顔を上げると、カーラの髪を顔から撫《な》で上《あ》げる。「愛しているよ、カーラ。昨日はきみを傷つけてすまなかった。きみの顔さえまともに見なかった」

「いいのよ、エイダン」カーラは彼の口の端にキスをした。「もう二度とあなたのそばを離れないわ。それに、あなたは私に千ドルの借りがあるのよ。サンダルを壊したでしょう」

　エイダンは頭を引いて笑い声をあげた。「それを手に入れるためにも、きみは僕と結婚しなければいけないな、かわいい人《ドール・フェイス》」

　カーラの唇が震え、まつげの縁に涙が滑り落ちた。エイダンがうなり、ティッシュを引っ張り出す。

　それを手に取ってカーラはにっこり笑った。ついにわかったのだ。ひとりの男性の愛があればなんでも解決できる、私にとってはこの人こそがその〝ひとりの男性〟なのだ、と。

ハーレクイン®

妖精の涙のわけ
2015年3月5日発行

著　　者　ミシェル・コンダー
訳　　者　山科みずき（やましな　みずき）

発 行 人　立山昭彦
発 行 所　株式会社ハーレクイン
東京都千代田区外神田 3-16-8
電話 03-5295-8091（営業）
0570-008091（読者サービス係）

印刷・製本　大日本印刷株式会社
東京都新宿区市谷加賀町 1-1-1

編集協力　株式会社遊牧社

造本には十分注意しておりますが、乱丁（ページ順序の間違い）・落丁（本文の一部抜け落ち）がありました場合は、お取り替えいたします。ご面倒ですが、購入された書店名を明記の上、小社読者サービス係宛ご送付ください。送料小社負担にてお取り替えいたします。ただし、古書店で購入されたものについてはお取り替えできません。
®とTMがついているものはハーレクイン社の登録商標です。

この書籍の本文は環境対応型の植物油インクを使用して印刷しています。
VEGETABLE OIL INK

ISBN978-4-596-13043-3 C0297

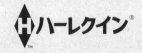

3月20日の新刊 発売日3月13日

※地域および流通の都合により変更になる場合があります。

愛の激しさを知る ハーレクイン・ロマンス

ギリシア式愛の闘争 (大富豪の飽くなき愛Ⅱ)	リン・グレアム/春野きよこ 訳	R-3047
再会は情事の幕開け	ジャネット・ケニー/麦田あかり 訳	R-3048
あなたに捧げる愛の詩	メラニー・ミルバーン/馬場あきこ 訳	R-3049
偽りの蜜月	アン・ウィール/片山真紀 訳	R-3050

ピュアな思いに満たされる ハーレクイン・イマージュ

領主館の囚われびと	ルーシー・ゴードン/中野　恵 訳	I-2363
純白の中の出逢い	クリスティン・リマー/泉　智子 訳	I-2364

この情熱は止められない! ハーレクイン・ディザイア

キスもくれないプロポーズ	ハイディ・ベッツ/菊田千代子 訳	D-1651
甘美な交換条件	ジェニファー・ルイス/藤峰みちか 訳	D-1652

もっと読みたい"ハーレクイン" ハーレクイン・セレクト

あの夜の秘密 (親愛なる者へⅠ)	ビバリー・バートン/小林葉月 訳	K-303
誘惑の構図	キム・ローレンス/槙　由子 訳	K-304
砂漠の夜の誘惑	キャロル・マリネッリ/有森ジュン 訳	K-305
心の花嫁	レベッカ・ウインターズ/新井ひろみ 訳	K-306

永遠のハッピーエンド・ロマンス　コミック

- ・ハーレクインコミックス(描きおろし) 毎月1日発売
- ・ハーレクインコミックス・キララ 毎月11日発売
- ・ハーレクインオリジナル 毎月11日発売
- ・ハーレクイン 毎月6日・21日発売
- ・ハーレクインdarling 毎月24日発売

リン・グレアムのシリーズ第2話は、すれ違い夫婦が取り戻す愛

ベッツィはギリシア人実業家ニックに見初められ結婚するが、隠し事をされていたことがわかり離婚を決意する。だが久しぶりに会った夜、二人は激しい欲望にかられ…。

〈大富豪の飽くなき愛 II〉
『ギリシア式愛の闘争』

●ロマンス
R-3047
3月20日発売

1975年作、ロマンスの大御所アン・ウィールの希少未邦訳作品!

貧しく酒浸りの父親に育てられたアンドレアは、出会ったばかりの鉄鋼王ジャスティンにプロポーズされる。若い彼女は、愛なき結婚に戸惑いながらも受け入れるが…。

『偽りの蜜月』

●ロマンス
R-3050
3月20日発売

ルーシー・ゴードンのイタリア人貴族との恋

シングルマザーのブロンウェンは、亡夫の兄ロレンツォに窮地を救われイタリアへと向かう。しかし彼の目的は、血縁である彼女の息子を後継者にすることで…。

『領主館の囚われびと』

●イマージュ
I-2363
3月20日発売

クリスティン・リマーの話題をさらった人気作“ブラボー家”最新作!

猛吹雪の中、怪我だらけの男性を自宅へ連れ帰り懸命に介抱するうち、テッサは魅了された。彼は記憶を失い、自分が誰かもわからなかったが、育ちの良さを感じさせ…。

『純白の中の出逢い』
※「花嫁は家政婦」(『マイ・バレンタイン2015 愛の贈りもの』に収録)関連作

●イマージュ
I-2364
3月20日発売

ハイディ・ベッツの結婚式から逃げだした花嫁

親の決めた結婚相手に暴力をふるわれていたジュリエット。あざに気づいたリードに優しくされるうち、彼を愛してしまい、やがて妊娠に気づくが…。

『キスもくれないプロポーズ』
※『個人秘書の告白』(D-1625)関連作

●ディザイア
D-1651
3月20日発売

きっかけは小さな命――絆ロマンス 連続刊行 第6弾

身重の妻より仕事を選んだ冷酷な夫。
なぜ3年も経って、突然娘の前に現れたの?

ペニー・ジョーダン作
『恋愛キャンペーン』(初版:R-423)

●プレゼンツ 作家シリーズ別冊
PB-152
3月20日発売